KB199408

고이즈미 야쿠모 작품집 **괴담**

일러두기

1. 고유명사에 해당하는 지명과 인명은 일본어 원음대로 표기했다.
2. 지금은 차별적 용어로 사용을 지양하는 표현이 포함되어 있으나, 이는
   시대적 상황 등을 고려하여 원작의 표현을 그대로 사용하였다.

고이즈미 야쿠모 지음

김민화 옮김

괴담

고이즈미 야쿠모 작품집

KWAIDAN

보더북

괴 담

골 동

KWAIDAN

怪談

YUKI-ONNA

설 녀

설녀

무사시(武蔵, 지금의 수도권 일부) 지방의 어느 마을에 모사쿠와 미노키치라는 두 나무꾼이 살고 있었다. 그 일이 있었을 무렵 모사쿠는 노인이었고, 그의 제자인 미노키치는 열여섯 살 청년이었다. 둘은 매일 함께 마을에서 2~3리 정도 떨어진 산으로 나무를 하러 갔다.

산으로 가는 도중에 있는 큰 강에는 나루터가 있

었다. 지금까지 나루터에 몇 번이나 다리를 놓았지만 그때마다 홍수로 쓸려 가버렸다. 강물이 불어나면 보통 다리로는 버틸 수가 없었던 것이다.

어느 추운 밤, 모사쿠와 미노키치는 산에서 내려오던 중에 심한 눈보라를 만났다. 둘은 눈보라를 헤치며 나루터까지 내려왔지만, 뱃사공은 배를 물가 반대편에 매어 둔 채 어디를 갔는지 보이지 않았다. 하지만 도저히 강을 헤엄쳐 건널 수 없는 날이었기 때문에 급한 대로 나루터지기의 오두막으로 몸을 피했다. 둘은 어떻게든 몸을 피할 수 있는 곳을 찾아서 천만다행이라고 생각했다. 오두막 안에는 화로는커녕 불을 지필만한 곳도 없었다. 그저 다다미*두 장이 깔려 있을 뿐, 문 외에 창문도 하나 없었다. 모사쿠와 미노키치는 문을 닫고, 입고 있던 도롱이를 머리에 뒤집어쓴 채 벌러덩 드러누웠다. 처음에는 그렇게 매서운 추위라고 느끼지 않았고, 눈보라

---

*일본 전통가옥의 마루방에 까는 바닥재.

도 곧 그칠 것이라고 생각했다.

노인인 모사쿠는 눕자마자 잠이 들었지만, 젊은 미노키치는 매서운 바람 소리와 끊임없이 문을 두드리는 눈보라 소리에 한참 동안 잠들지 못했다. 강물은 요란한 소리를 내며 흘렀고, 작은 오두막은 마치 망망대해에 떠 있는 뗏목처럼 삐걱삐걱 소리를 내며 흔들렸다. 엄청난 눈보라로 밤공기는 점점 더 얼어붙었다. 미노키치는 도롱이 안에서 추위에 벌벌 떨다가 어느새 잠이 들었다.

눈이 얼굴에 닿는 느낌에 놀라 미노키치는 잠에서 깼다. 그런데 자신도 모르는 사이에 문이 열려 있었다. 하얀 눈빛에 한 여자가 오두막 안에 서 있는 모습이 비쳤다. 여자는 흰 소복을 입고 있었다. 그 여자는 자고 있는 모사쿠의 몸 위에 허리를 숙이고 앉아, 계속해서 '하아하아' 입김을 불어 넣고 있었

다. 입김은 마치 흰 연기 같았다. 그때 갑자기 여자
가 미노키치 쪽을 돌아보더니 몸을 돌려 웅크리고
앉았다. 미노키치는 소리를 지르려고 했지만 목소
리가 나오지 않았다. 여자는 미노키치의 얼굴에 곧

닿을 듯이 자신의 얼굴을 들이댔다. 여자의 눈은 섬뜩할 정도로 무서웠지만, 얼굴은 빼어난 미인이었다. 여자는 한참 동안 미노키치의 얼굴을 가만히 들여다 보고는 살짝 미소를 지으며 말했다.

"나는 너도 이렇게 만들어 버리려고 했는데, 네가 왠지 불쌍하다는 생각이 들었어. 미노키치, 너는 아직 나이도 어리고, 사랑스러운 아이 같구나. 너에게 나쁜 짓은 하지 않을게. 그런데 오늘 밤 네가 본 것을 아무에게도 말하면 안돼. 네 엄마에게도. 말하면 나는 바로 알 수 있어. 그러면 나는 너를 죽일 거야. 알겠지? 내가 한 말을 명심해 두렴."

여자는 이렇게 말하고 몸을 돌려 그대로 문을 스르르 빠져나갔다. 여자가 밖으로 나가자 미노키치의 굳은 몸은 곧 자유를 되찾았다. 미노키치는 바로 몸을 벌떡 일으켜 주위를 둘러보았다. 하지만 여자는 더 이상 보이지 않았다. 강한 눈보라가 방안으로 날아들어올 뿐이었다. 미노키치는 문을 닫고 주위에 있는 막대 여러 개를 주워 문을 걸어 잠갔다. 그런데 아무리 생각해도 이상했다.

'바람에 문이 열린 것일까?'

'아무래도 내가 꿈을 꾸면서 문으로 들어오는 눈빛을 하얀 여자로 착각한 것이 아닐까.'

미노키치는 그렇게 생각하며 모사쿠를 불렀다. 그런데 아무런 반응이 없었다. 깜짝 놀라 어둠 속에서 손을 뻗어 모사쿠의 얼굴을 더듬어 만져보니 얼음장처럼 차가웠다. 모사쿠는 이미 얼어 죽어 있었다.

새벽이 되자 눈보라는 그쳤다. 해가 뜬 후에 오두막으로 돌아온 나루터지기는 얼어 죽어 있는 모사쿠의 시신 옆에서 정신을 잃고 쓰러져 있는 미노키치를 발견했다. 미노키치는 간호를 받고 정신을 차렸다. 하지만 공포스러웠던 그날 밤의 추위에 몸이 상한 미노키치는 그 후 오랫동안 병석에 누워 있었다. 실은 모사쿠가 죽은 것을 보고 겁을 먹은 것도 있었다. 하지만 미노키치는 하얀 여자 유령에 대해서 한 마디도 입 밖에 꺼내지 않았다.

병이 나은 후 미노키치는 다시 원래 직업으로 돌아가 매일 아침 혼자 산으로 가서 저녁이 되면 장작을 메고 집으로 돌아왔다. 장작은 어머니가 내다 팔았다.

다음 해 겨울이 되었다. 어느 날 저녁, 미노키치는 집으로 돌아가던 중에 우연히 같은 길을 혼자서 걸어가는 여자의 뒤를 따라 걷게 됐다. 훤칠한 키에 마른 체형의 아름다운 여자였다. 미노키치가 인사를 건네자 여자는 마치 작은 새가 지저귀는 듯한 목소리로 답했다. 미노키치는 여자와 함께 걸으면서

드문드문 이야기를 나눴다. 여자는 자신의 이름은 오유키이며, 최근 부모님이 돌아가셔서 에도(江戸)*로 가고 있다고 했다. 에도에는 가난하지만 친척들이 몇 명 있어서 그곳에 가면 가정부 일 정도는 찾을 수 있을 것이라고 했다. 미노키치는 이야기를 나누는 사이 처음 만난 여자에게 어느새 마음이 끌리기 시작했다. 보면 볼수록 더욱 아름다웠다. 미노키치는 여자에게 결혼을 약속한 남자가 있는지 물었다. 여자는 살짝 미소를 지으며, 그런 건 없다고 답했다. 이번에는 여자가 미노키치에게 부인이 있는지, 지금은 없다면 결혼을 약속한 사람이 있는지 물었다. 미노키치는 모셔야 할 어머니가 계시고, 자신은 아직 젊어서 당장은 결혼을 생각하고 있지 않다고 답했다. 이런 깊은 대화를 나누던 둘은 잠시 아무말 없이 걸었다. 그런데 옛말에 '마음이 있으면 눈도 말을 한다'고 했듯이 마을에 당도했을 때 둘은 이미

*도쿄의 옛이름.

마음이 통해 있었다.

미노키치는 오유키에게 집에서 잠시 쉬어가라고 말했다. 오유키는 수줍어하고 주저하면서도 미노키치의 집까지 따라갔다. 미노키치의 어머니도 오유키가 온 것을 기쁘게 맞이하며 따뜻한 밥을 차려 주었다. 오유키의 단정한 품행을 아주 마음에 들어 한 미노키치의 어머니는 괜찮다면 에도에 가는 것을 잠시 미루는 것이 어떤지 적극적으로 권했다. 그렇게 결국 오유키는 자연스럽게 에도에 가지 않게 되었다. 그리고 마침내 미노키치의 아내가 되어 그 집에 머무르게 되었다.

오유키는 매우 좋은 아내가 되었다. 5년 정도 지났을 무렵, 미노키치의 어머니는 죽음을 앞둔 마지막 순간에 며느리에 대한 사랑과 칭찬의 말을 아낌없이 남겼다. 오유키는 아들과 딸 열명을 낳았는데,

아이들은 모두 하얀 피부에 외모도 빼어났다.

마을 사람들은 오유키가 자신들과는 다른 신비로운 여자라고 생각했다. 보통 여자들은 나이가 들어가는데, 오유키는 아이를 열 명을 낳아도 처음 이 마을에 왔을 때처럼 젊고 아름다웠기 때문이다.

어느 날 밤, 아이들이 잠든 후에 오유키가 등불 밑에서 바느질을 하고 있었다. 미노키치는 그 모습을 지긋이 바라보면서 말을 꺼냈다.

"당신이 그렇게 등불 아래에서 바느질하는 모습을 보고 있으니 십팔 년 전에 겪었던 신기한 일이 생각나는군. 나는 그때 지금의 당신과 비슷한 아름답고 얼굴이 하얀 여자를 보았지. 그 여자는 당신과 정말 많이 닮았어."

오유키는 바느질에서 눈을 떼지 않은 채 답했다.

"그 사람에 대한 이야기를 해 주세요. 당신, 어디

서 그분을 보셨나요?"

그러자 미노키치는 나루터지기의 오두막에서 무서운 하룻밤을 보냈던 일을 이야기했다. 여자가 웃으면서 자신을 몸 위에서 내려다 본 일과 모사쿠 어르신이 말도 없이 죽은 일들을 모두 오유키에게 말했다. 그리고 이렇게 덧붙였다.

"내가 꿈에서든 생시에서든 당신과 꼭 닮은 아름다운 여자를 본 것은 그때뿐이었지. 물론 그 여자는 인간이 아니었어. 나는 얼굴이 새하얀 그 여자가 무서웠어. 그때 꿈을 꾼 것인지 아니면 설녀를 본 것인지 나는 아직도 잘 모르겠어."

이야기를 듣고 있던 오유키는 갑자기 바느질하던 것을 내던지며 벌떡 일어나, 앉아있는 미노키치 위로 몸을 구부려 남편의 얼굴을 향해 날카롭게 소리를 질렀다.

"그건 나예요......! 바로 나 오유키!! 그때 한 마디라도 말을 하면 죽이겠다고 했는데...... 하지만 저기 자고 있는 아이들을 생각하면 이제 와서 당신을 죽일 수는 없네요. 이렇게 된 바에는 부디 아이들을 소중히 잘 키워 주세요. 행여나 아이들이 힘든 일을 겪게 된다면, 그 대가를 꼭 치르게 하겠어요!"

이렇게 소리치는 사이에 오유키의 목소리는 바람 소리처럼 점점 가늘어져 갔다. 몸은 하얗게 빛나는 안개로 변하며 지붕 용마루를 향해 올라가 순식간에 천장 창문을 통과해 사라졌다.

그 후로 오유키의 모습은 두 번 다시 볼 수 없었다.

MUJINA

너구리

너구리

도쿄 아카사카(赤坂)에 기노쿠니자카(紀の國坂)라는 언덕이 있다. 기노쿠니자카는 기노쿠니의 언덕이라는 의미인데, 왜 그 언덕 이름이 기노쿠니의 언덕이라고 불리는지 나는 그 이유를 모른다. 이곳 기노쿠니자카의 한 쪽에는 옛날부터 크고 깊은 해자가 있다. 해자 위에는 풀이 무성한 둑이 우뚝 서 있고, 그 둑 위로는 정원이 펼쳐져 있다. 그리고 언덕

한 쪽은 궁궐이 올려다 보이는 높고 긴 토담으로 이어진다. 가로등과 인력거 같은 것이 없던 시대에 이 주변은 밤이 되면 아무도 지나가지 않는 한적한 곳이었다. 사람들은 해가 저물면 혼자서는 이 언덕을 지나가지 않고 길을 멀리 돌아갔다. 왜냐하면, 언덕 주변에서 너구리가 자주 출몰했기 때문이다. 가장 최근에 이 근처에서 너구리를 마지막으로 본 사람은 교바시(京橋) 인근에 사는 늙은 상인이었다. 그는 이미 30년 전에 세상을 떠났는데, 다음과 같은 이야기를 남겼다.

***

어느 날 늦은 밤, 그가 기노쿠니자카를 서둘러 올라갔을 때 해자 끝에서 한 여자가 웅크리고 앉아 울고 있었다. 해자에 몸을 던지려는 것이 아닌지 걱정이 됐다. 그는 도움을 주고 싶어서 가던 길을 멈췄다. 여자는 마른 체형에 기품 있는 단정한 옷차림을 하고 있었다. 상인은 여자 옆으로 가서 말을 걸었다.

"저기요, 부인. 그렇게 울지 말고, 무슨 일인지 말해 봐요. 내가 도울 수 있는 일이라면, 기꺼이 도와줄게요."(상인은 근본이 착한 사람이라서 정말로 그렇게 할 생각이었다.)

하지만 여자는 한 쪽 긴 소매로 얼굴을 가린 채 계속해서 흐느껴 울고 있었다.

"부인⋯⋯"

상인은 최대한 부드럽게 다시 한번 말했다.

"저기, 내 이야기를 차분히 들어 봐요. 여기는 당신처럼 젊은 여자가 한 밤중에 있을 곳이 아니에요. 부탁이니 그만 울고, 어떻게 하면 내가 도울 수 있는지 말해 줘요."

그러자 여자가 서서히 자리에서 일어났다. 하지만 여자는 상인에게 등을 돌린 채 여전히 소매로 얼굴을 가리고 훌쩍거리며 흐느껴 울고 있었다. 상인은 여자의 어깨에 살짝 손을 올리고 애원하듯 말했다.

"이봐요, 부인. 잠깐이라도 들어봐요. 여자가......"

상인이 말을 하려고 했을 때였다. 여자는 뒤로 돌아 상인 쪽으로 자세를 고치는가 싶더니 서서히 소매를 내리고 한 쪽 손으로 얼굴을 쓰윽 매만졌다. 여자의 얼굴에는 눈, 코, 입이 없었다. 그것을 본 상인은 너무 놀라 비명을 지르며 도망쳤다.

상인은 기노쿠니자카를 정신없이 내달렸다. 눈앞은 칠흑 속 동굴 같았다. 뒤를 돌아 볼 용기도 나지 않았다. 영문도 모른 채 그저 앞으로 내달렸다. 그렇게 달리는데 저 멀리서 반딧불 같은 작은 불빛이 보여 그쪽을 향해 달려갔다. 소바*를 파는 노점상에서 나오는 불빛이었다. 지금은 그게 어떤 불빛인지, 주

---

*일본의 메밀국수.

인이 어떤 사람인지 상관없었다. 상인은 급히 소바 가게로 달려들어 가서 크게 소리를 쳤다.

"하아……하, 아악…… 이봐요, 이봐!!"

가게 주인은 통명스럽게 말했다.

"이봐요, 무슨 일이요. 강도라도 만났나요?"

"뭐라고요? 강도가 아니에요."

상인은 '하악하악' 숨이 차서,

"그, 그게…… 아……아……"

"뭐야…… 그냥 협박당한거야?"

주인은 매정하게 물었다.

"도둑? 아니! 도둑이 아냐. 도둑놈 따위가 아니라고!"

겁에 질린 상인은 헐떡이며 말했다.

"나타났어…… 여자가 나타났단 말이요! 저 해자 끝에서. 그 여자가…… 으아악! 나한테 이렇게……. 으아악! 더는 말 못 하겠어……"

"저런...... 그 여자가 보여준 것이 이런 거였나?"

주인은 손으로 얼굴을 쓰윽 매만졌다. 그 순간 주인 얼굴이 계란처럼 변했다. 동시에 갑자기 불이 꺼졌다.

THE STORY OF MIMI-NASHI-HOICHI

귀 없는 호이치 이야기

귀 없는 호이치 이야기

지금으로부터 700년 전의 일이다. 시모노세키(下関) 해협 단노우라(壇ノ浦)에서는 오랫동안 패권을 두고 싸워 오던 겐페이(源平)* 두 집안의 최후의 결전이 일어났다. 헤이게(平家)는 단노우라에서 우리가 오늘날 안도쿠(安德)천황으로 기억하며 모시고 있는 어린 왕과 그 일족의 여자들까지 모두 멸망했다. 그 후 700년 동안 단노우라 바다와 그 일대 해안에서

---

*헤이안(平安) 시대의 대표적인 두 가문인 겐지(源氏)와 헤이시(平氏)를 이르는 말.

는 오랫동안 헤이게의 원령이 떠돌았다. 그 바닷가에서 잡히는 헤이게 게라고 불리는 기묘한 게 — 등에 인간의 얼굴이 새겨져 있어서 헤이게 무사의 망령이라고 불리는 게 —에 대해 나는 예전에 다른 곳에서 이야기했는데, 어쨌든 그 일대 해안에서는 지금도 여러 가지 기이한 현상이 많이 발견되고 있다.

칠흑 같은 밤에는 수 천 개나 되는 불빛이 해변과 해상에서 깜박깜박 명멸하기도 한다. 이는 어부들이 흔히 '도깨비불'이라고 부르는 푸르스름한 빛이다. 바람이 거칠게 휘몰아치는 날에는 바다 쪽에서 마치 무시무시한 전투를 하는 것처럼 울부짖는 소

귀 없는 호이치 이야기

리가 들려온다.

옛날에는 헤이게의 원령이 지금보다 더 자주 출
몰했다. 한밤중에 앞바다를 지나는 배 근처에 나타
나 그 배를 침몰시키려 하거나 바다에서 수영하는
사람들이 있으면 가만히 지켜보고 있다가 갑자기
수면 아래로 끌어당기고는 했다.

아카마가세키(赤間が関, 시모노세키)에 있는 아미다
데라(阿彌陀寺)라는 절은 헤이게의 망령들을 달래기
위해 지어졌다. 절 끝자락 해변 근처 한쪽에 있는 묘
지에는 그곳에서 투신한 천황의 이름과 신하들의
이름이 새겨진 묘비가 있고, 매년 기일이 되면 성불
을 기원하는 성대한 법회가 열렸다. 이 절을 짓고 묘
비를 세운 뒤로는 전에 비해 헤이게 원령의 악행도
꽤 줄어들었지만, 그럼에도 여전히 괴이한 일들이
때때로 일어나고 있다. 생각건대, 이는 많은 망령들
이 아직 진정한 성불을 이루지 못했다는 증거였다.

***

　지금으로부터 수백 년 전, 아카마가세키에 호이치라는 한 맹인이 살고 있었다. 그는 비파 연주와 노래를 잘하기로 유명했다. 그 재주는 어려서부터 배우기 시작했는데, 어린 소년일 때부터 스승의 실력을 능가할 정도였다.

　호이치는 실력 있는 비파 법사로 주로 '겐페이 이야기'를 잘 부르기로 유명했다. 그중에서도 '단노우라 결투' 부분을 부르면 귀신도 눈물을 흘릴 정도라는 평가를 받았다.

　유명하지 않았던 시절에 호이치는 매우 가난했다. 하지만 다행히 그를 도와주는 좋은 스님이 한 분 있었다. 아미다데라의 스님은 젊은 호이치의 비파 연주를 마음에 들어 해서, 호이치에게 절에서 지내는 것이 어떤지 제안했다. 호이치는 크게 감사하며 스님의 제안을 흔쾌히 받아들였다. 그렇게 호이치는 절에서 식사와 이불을 제공받는 대신 그 답례로 다른 일이 없는 날 밤에는 스님을 위해 비파를 연주했다.

어느 여름밤의 일이다. 그날 밤, 때마침 스님은 한 신도의 집에 불행이 닥쳐 장례에 불려갔다. 다른 스님도 동행하여 호이치는 홀로 남아 절을 지키게 되었다. 찌는 듯한 더위를 조금이라도 견디기 위해 호이치는 자신의 방 앞 툇마루로 나와 밤바람을 맞고 있었다. 툇마루에서는 절의 뒷마당이 한눈에 들어온다. 호이치는 툇마루에 앉아 스님을 기다리고 있었다. 그런데 홀로 우두커니 앉아 있으니 왠지 모르게 쓸쓸한 기분이 들었다. 기분 전환 삼아 비파를 불었다.

그러는 사이 밤도 깊어 갔지만, 스님은 좀처럼 돌

아오지 않았다. 밤공기가 아직 뜨거워 방에서 편히 쉴 수 없었다. 어쩔 수 없이 호이치는 밖에 나와 있었다. 그런데 한참 후 문 뒤쪽에서 사람 발소리가 들려 오기 시작했다. 누군가 뒷마당을 지나 툇마루 쪽으로 다가오고 있었다. 이윽고 발 소리는 호이치의 바로 앞까지 와서 멈췄다. 스님은 아니었다.

육중한 목소리가 호이치의 이름을 불렀다. 그 목소리는 매우 다급하고 무례했다. 사무라이가 하인을 향해 명령하는 말투였다.

"호이치!"

호이치는 너무 놀란 나머지 잠시 대답을 하지 못했다. 그러자 목소리는 다시 한번 강한 명령조로 호이치를 불렀다.

"호이치!!"

"네……"

맹인은 위협하는 듯한 목소리에 겁에 질려 조심

스럽게 답했다.

"저는 앞을 볼 수 없는 사람입니다. 저를 부르시는 분이 누구신지 전혀 모르겠습니다만......"

"겁먹을 필요는 없네."

그는 목소리를 누그러뜨리며 말했다.

"나는 이 절 근처에 사는 사람인데, 자네에게 볼일이 있어 왔다네. 나의 주군은 매우 높은 신분으로 지금 많은 하인들을 데리고 이곳 아카마가세키에 와 계시는데, 단노우라 결투의 전장을 보고 싶다고 하셔서 오늘 그곳에 다녀왔다네. 그런데 자네가 그이야기의 연주와 노래를 잘 한다는 말씀을 듣고 자네의 연주를 듣고 싶어 하시니 비파를 들고 지금 당장 나와 함께 주군이 기다리고 계시는 곳으로 가야겠네."

당시는 병사의 명령을 쉽게 거역할 수 없는 시대였다. 호이치는 서둘러 짚신을 신고 비파를 챙겨 처음 만난 병사를 따라나섰다. 병사는 능숙하게 손을 잡아 이끌어 주었다. 그러면서 조금만 더 서둘러 줄 수 없겠냐며 호이치를 재촉했다. 잡은 손에는 쇠붙이가 달려 있었다. 성큼성큼 걷는 발걸음을 따라 달가닥달가닥 쇠 부딪히는 소리가 나는 것은 갑옷을 입고 있다는 증거였다. 아마도 궁중의 숙직(宿直) 병사일 것이다. 호이치가 처음에 느꼈던 공포는 점차 누그러들었다. 그러자 이번에는 왠지 자신이 매우 행복한 사람이 된 것 같았다. 호이치는 조금 전 병사가 '지체 높고 훌륭한 분'이라고 강조했던 말을 떠올리며, 자신의 비파를 듣고 싶어 하는 분이 대단한 분임에 틀림없다고 생각했기 때문이다. 한참을 걸어가다가 병사는 발길을 멈췄다. 호이치가 주변을 살피니 둘은 큰 문 앞에 서 있는 것 같았다. 마을에 이렇게 커다란 문이 있는 곳은 아미다데라 밖에 없다며 신기해 하고 있었다. 그때, 병사가 큰 목소리로 문을 열라고 소리쳤다. 그러자 곧바로 빗장을 푸는 소리가 들렸다. 둘은 문 안으로 들어갔다. 매우 넓은 정원을 지나 입구까지 가서 기다리고 있는데 병사가 다시 한번 큰 소리로 외쳤다.

"이봐라, 누구 없느냐? 호이치를 데려왔다!"

그러자 안에서 서둘러 뛰어나오는 발소리와 스르륵스르륵 미닫이문을 여는 소리, 덧문을 들어 올리는 소리가 들리더니 왁자지껄한 여자들 목소리가 들려왔다. 호이치는 그 여자들이 주고받는 말을 듣고, 매우 높은 분을 모시는 하인들임을 직감했다. 하지만 호이치는 자신이 도대체 어디에 와 있는지 전혀 짐작할 수 없었다. 하지만 이런저런 생각을 할 여유도 없었다. 호이치는 자신을 데려온 병사와 다른 누군가의 손에 이끌려 계단 대여섯 개를 오르는 것 같더니, 그들은 계단 가장 높은 데서 짚신을 벗으라고 했다. 거기서 다시 여자의 손에 이끌려 끝없이 길고 긴 깨끗한 복도를 지나 다 기억할 수도 없을 만큼 많은 기둥을 몇 번이나 돌았다. 그리고 놀랄 정도로 넓은 다다미 방을 통과한 후에, 드디어 넓은 사랑채 한가운데로 들어갔다. 호이치는 여기 사랑채에 지체 높은 분들이 많이 모여 있을 것이라고 생각했다. 바닥에 끌리는 옷자락 소리가 마치 숲속 나뭇잎들이 스치는 소리 같았다. 그리고 많은 사람들이 나누는 이야기 소리가 웅성웅성 들려왔다. 낮고 작은 소리였지만 그 말들은 궁궐의 언어였다.

편히 앉으라는 말에 정신을 차리고 보니, 자신의 앞에는 부드러운 방석 하나가 깔려 있었다. 호이치가 방석에 자리를 잡고 천천히 비파의 상태를 점검하고 있는데, 한 여자 목소리가 호이치를 향해 말했다. 그 목소리는 필시 하녀들을 관리하는 나이든 여자의 목소리일 것이다.

"지금부터 비파 연주에 맞춰 헤이게 이야기를 들려주시기 바랍니다."

그런데 헤이게 이야기를 전부 부르려면 몇 날 밤이 걸린다. 호이치는 용기를 내어 직접 물어보았다.

"헤이게는 매우 길어서 지금 전곡을 부를 수 없습니다. 어느 부분을 듣기를 원하십니까?"

그러자 나이 든 여자 목소리가 답했다.

"단노우라 결투 부분을 들려주십시오. 그 부분이 헤이게 중에서도 가장 슬픈 곳이니까요."

호이치는 목소리를 서서히 힘껏 높여가며 격렬했던 해전 대목을 부르기 시작했다. 노 젓는 소리, 군함이 돌진하는 소리, 휘익하며 활시위가 바람을 스치는 소리, 군병들의 우렁찬 외침 소리, 짓밟는 군마의 말발굽 소리, 투구에 부딪히는 칼의 울림 소리, 공격을 받아 풍덩 바다에 빠지는 소리. 비파 하나로

이 모든 소리들을 재현했다. 호이치가 연주하는 동안 주변에서는 연달아 감탄하는 소리가 일었다.

"대단한 명인이구나!"

"수도에서도 이런 연주는 들어본 적이 없어!"

"이야, 천하에 호이치 같은 이야기꾼은 다시는 없을 것이야."

이런 소리가 들려오자 호이치는 새로운 용기를 얻어 한 층 더 멋지게 연주하고 노래했다. 감동이 절정에 달하자 이번에는 쥐 죽은 듯 조용해졌다.

노래가 다시 진행되고, 드디오 일족 여자들의 슬픈 마지막, 어린 왕을 모신 니이노츠보네(二位局)가 투신하는 장면을 부를 때는 듣는 사람들 모두가 길게 떨리는 신음 소리를 내다가 끝내는 오열을 하며 깊은 탄식에 빠졌다. 탄식 소리가 너무나 높고, 너무나 격정적이어서 호이치는 자신이 일으킨 강한 비탄에 스스로도 놀랄 정도였다. 흐느껴 우는 소리는 한참 동안 이어지다가 점점 잠잠해졌다. 정적 속에서 나이 든 여자가 호이치에게 말했다.

"과연, 자네는 세상에 둘 도 없는 비파 명인이군요. 대단한 이야기꾼이라는 것도 알고 있었지만, 실력이 이 정도일 줄은 몰랐습니다. 주군도 매우 흡족해하시며 충분한 답례를 내리라고 말씀하셨습니다. 그리고 오늘부터 엿새 동안 매일 밤 비파 연주를 하러 오라고 명하셨습니다. 주군은 그 후에 상경 길에 오르실 것입니다. 그러니 내일 밤에도 반드시 오늘과 같은 시간에 이곳으로 와 주십시오. 오늘 밤 안내한 사람이 다시 모시러 가겠습니다. 그리고 한 가지 더 드릴 말씀이 있습니다. 주군께서 아카마가세키에 계시는 동안 당신이 이곳에 오는 것을 아무에게도 말하지 말라는 당부이십니다. 주군께서는 요양 여행 중이니 이 일을 입 밖에 내지 말라고 명하셨습니다. 그러면 오늘 밤은 이것으로 돌아가도 좋습니다."

호이치는 정중하게 예를 갖춘 후 여자의 손에 이끌려 문 앞까지 왔다. 거기에는 처음에 호이치를 안내했던 병사가 기다리고 있었다. 병사는 절의 툇마루까지 호이치를 데려다주고 돌아갔다.

호이치가 돌아왔을 때는 이미 날이 밝아 오고 있었지만, 그가 절을 비운 사실을 아무도 알아채지 못했다. 스님은 그날 밤 매우 늦게 돌아와서 호이치가 이미 자고 있다고 생각했던 것이다. 호이치는 날이 밝고 낮에 잠시 휴식을 취할 수 있었다. 하지만 어젯밤에 일어난 이상한 일에 대해서는 한 마디도 하지 않았다.

그날도 밤이 깊어지자 다시 병사가 찾아와서 호이치는 높은 분들이 모인 연회 자리에 불려갔다. 공연은 어제처럼 성공리에 마쳤다.

그런데 둘째 날, 호이치가 절을 비운 것이 들통났다. 아침에 절에 돌아오자 호이치는 곧장 스님에게 불려갔다. 스님은 호이치를 순순히 타이르듯 물었다.

"호이치. 우리는 자네를 많이 걱정했다네. 눈도 보이지 않는데 혼자서 그것도 한 밤중에 외출을 했다니 너무 위험하지 않은가. 어째서 우리들에게 한 마디도 없이 나간 것인가? 말을 했다면 다른 사람과 함께 보냈을 텐데...... 대체 지금까지 어디를 다녀온 건가?"

호이치는 변명하듯이 답했다.

"스님, 부디 용서해 주십시오. 개인적인 일이 좀 있었는데 다른 시간에 처리하지 못했습니다."

호이치가 그렇게만 말하고 입을 닫은 채 사실을 말하지 않는 것을 보고, 스님은 걱정보다 오히려 놀랐다. 이것은 보통 일이 아닌 불길하고 나쁜 일이 일어나고 있는 것이 분명하다고 스님은 생각했다. 어쩌면 앞이 보이지 않는 이 젊은이에게 귀신이라도 씐 것이 아닌지, 무언가에 속고 있는 건 아닌지 스님은 걱정스러웠다. 스님은 그 자리에서는 더 이상 깊이 물어보지 않고, 나중에 몰래 절에서 일하는 사내들을 시켜 호이치의 행동을 주시하고 자세한 상황을 지켜보게 했다. 만일 저녁에 들어와 다시 절을 나가는 일이 있다면 그때는 뒤를 밟아 보라고 당부했다.

바로 그날 밤, 사내들은 호이치가 절을 빠져나가는 것을 보았다. 그들은 곧장 등불을 들고 호이치의 뒤를 밟았다. 그날 밤은 비가 내려서 매우 어두웠다. 사내들이 큰 길로 들어서려던 찰나에 호이치는 자취를 감췄다. 호이치는 매우 서둘러 간 것이 틀림없었다. 눈이 보이지도 않는데 신기한 일이었다. 게다가 길도 매우 좋지 않았다. 사내들은 길을 서둘러 호이치가 평소에 자주 가는 집들을 한 집도 거르지 않고 찾아갔다. 하지만 호이치의 행방을 아는 사람은 아무도 없었다. 결국 사내들은 다시 절로 돌아가려고 해변을 따라 걷고 있었다. 그런데 아미다데라의 묘지 안에서 비파 연주 소리가 들려왔다. 칠흑 같은 어둠 속에 도깨비불 두세 개가 깜박깜박 타고 있는 묘지 주위는 평소 어두운 밤과 다를 바 없었다. 사내들은 서둘러 묘지 쪽으로 갔다. 그리고 등불 빛에 기대 간신히 묘지 안에 있는 호이치를 발견했다. 호이치는 내리는 비를 맞으며 안토쿠천황릉 앞에서 홀로 멍하니 앉아 쟁쟁하게 비파 연주를 하면서 목청 높여 단노우라 결투를 부르고 있었다. 호이치의 주변과 묘비 위에는 초를 무수히 켜 놓은 것처럼 어슴푸레한 도깨비불이 타오르고 있었다. 아마도 인간의 눈에 이렇게 많은 도깨비불이 보이는 일은 두 번 다시 없을 것이라고 사내들은 생각했다.

"호이치님, 호이치님!"

사내들은 소리쳤다.

"당신은 귀신에 홀렸어요......호이치님!"

하지만 맹인의 귀에는 그 소리가 들어오지 않았다. 호이치는 점점 더 열심히 있는 힘껏 비파를 켜고, 소리를 짜내면서 단노우라 결투를 불렀다. 사내들은 호이치를 덥석 붙잡아 귀에 대고 큰소리로 외쳤다.

"호이치님, 호이치님! 자자, 어서 우리와 함께 돌아갑시다."

그때 호이치는 질타하는 목소리로 사내들을 향해 소리쳤다.

"높으신 분들 앞에서 이렇게 나를 방해하면 용서받지 못할 것이야!"

너무도 기이한 상황에 사내들은 실소를 금치 못

했다. 호이치가 무언가에 홀린 것은 틀림없어 보였다. 사내들은 호이치를 억지로 일으켜 세워서 내몰듯 서둘러 절로 데려갔다. 절에 도착한 후 스님의 지시로 호이치의 젖은 옷을 갈아입히고, 물과 음식을 내주었다. 이윽고 스님은 호이치에게 이 놀라운 행동에 대해 충분히 설명하라고 다그쳤다.

호이치는 한참 동안 말하기를 주저했다. 하지만 자신이 한 일이 친절한 스님을 놀라고 화나게 했다는 것을 깨달았다. 결국 지금까지의 침묵을 깨고 처음 병사가 찾아왔을 때부터 지금까지 일어난 일의 전말을 모두 스님에게 이야기했다.

스님은 말했다.

"호이치, 이 불쌍한 젊은이여. 자네는 지금 큰 위험에 빠졌다네! 이렇게 되기 전에 빨리 나에게 말했어야지. 자네의 훌륭한 비파 실력이 이런 기이한 위험에 빠지게 한 것이라네. 하지만 이렇게 된 이상 자네도 알아야 하네. 자네가 간 곳은 사람이 사는 집이 아니야. 실은 매일 밤 묘지 안에 있는 헤이게의 묘 앞에서 밤을 보낸 것이라네. 오늘 밤 사내들이 빗속에서 자네를 발견한 곳은 안토쿠천황릉 앞이었어. 망자가 찾아온 것은 차치하고, 자네가 망상을 한 것은 모두 한 순간의 환상이었다네. 죽은 자의 말을 따랐으니 그 망자의 힘이 자네를 속박한 것이지. 이런 일이 생긴 이상 또다시 죽은 자의 말을 듣는다면, 자네는 머지않아 갈기갈기 찢겨서 죽고 말 것이야. 그런데 나는 오늘 밤에도 장례가 있어 나가봐야 하니 자네와 함께 절에 있을 수가 없네. 대신 나가기 전에 부적 경문을 써 놓고 가겠네."

해가 지기 전, 스님은 호이치의 옷을 벗긴 후 붓으로 가슴, 등, 머리, 얼굴, 목덜미, 손, 발 그리고 발바닥까지 몸 전체에 남김없이 반야심경을 새겼다. 다 쓰고 난 뒤 스님이 말했다.

"오늘 밤 내가 나가면 곧바로 툇마루에 앉아서 기다리고 있게. 그러면 다시 자네를 데리러 올 것이야. 하지만 무슨 일이 있어도 대답을 해서는 안 되네. 그리고 몸을 움직여서도 안되네. 아무 말도 하지 말고 조용히 앉아 있게. 수행을 한다고 생각하면 되네. 만일 조금이라도 움직이거나 소리를 낸다면 갈기갈기 찢겨 죽게 될 것이야. 하지만 겁낼 필요는 없네. 도움을 청하지도 말게. 도움을 청한다고 해도 아무런 도움을 받을 수 없어. 그저 내가 말한 대로 하면 반드시 위험에서 무사히 벗어 날 수 있으니 너무 무서워하지 말게."

밤이 되자 스님들은 외출했다. 호이치는 스님이 당부한 대로 툇마루로 나가서 마루 바닥에 비파를 놓아두고 수행하는 자세로 가만히 앉아 있었다. 그리고 마음을 하나로 모아 기침 소리도 내지 않고 숨소리도 나지 않도록 했다. 호이치는 그렇게 몇 시간

이나 기다렸다. 이윽고 길 쪽에서 걸어오는 발소리
가 들려왔다. 발소리는 뒤쪽 나무 문으로 들어와 마
당을 통과한 뒤 툇마루에 앉아 있는 호이치의 바로
앞에서 멈췄다.

"호이치!"

목소리가 힘주어 불렀다. 하지만 호이치는 숨을
죽인 채 가만히 앉아 미동도 하지 않았다.

"호이치!!"

두 번째 목소리가 소름 끼치게 불렀다. 머지않아
다시 세 번째 목소리가 호이치를 불렀다. 다급해진
목소리였다.

"호이치!!"

여전히 호이치는 돌처럼 조용했다. 목소리는 납
득할 수 없다는 듯 중얼거렸다.

"답이 없네. 말도 안 돼...! 이 녀석이 어디로 사라
졌는지 찾아내야겠군."

갑자기 툇마루 위로 올라오는 매우 거친 발소리
가 들렸다. 발소리는 점점 가까워지더니 호이치 바
로 옆으로 와서 멈췄다. 호이치는 심장이 몹시 두근
거리고, 전신이 바들바들 떨렸다. 주위는 쥐 죽은 듯
이 고요해서 아무런 소리도 나지 않았다.

잠시 후 쉰 목소리가 호이치의 귓전에서 중얼거
렸다.

"흠... 여기 비파가 있네. 그런데 비파 법사가 보
이지 않아. 여기 귀 두 개만 보이는군. 그러니 답이
없는 거야. 답을 하려 해도 입이 없구나. 비파 법사
의 몸은 귀만 남았네. 좋아, 이 귀를 주군께 가지고
가야겠다. 주군의 엄명을 받들기 위해 노력했다는
증거로 말이야."

그 순간 호이치는 쇠 같은 손에 양쪽 귀가 찢기는
통증을 느꼈다. 그 통증은 엄청났다. 그래도 호이치
는 소리를 지르지 않았다.

무거운 발소리는 터벅터벅 툇마루를 빠져나갔다.
머지않아 발소리는 정원을 지나 길 쪽으로 빠져나
간 뒤 사라졌다. 호이치는 양쪽 목덜미에서 끈적하
고 따뜻한 것이 흐르는 느낌이 들었지만 손을 올리
지도 않았다.

　동이 트기 전에 스님이 돌아왔다. 오자마자 서둘
러 툇마루로 간 스님은 무언가 끈적끈적한 것을 밟
고 미끄러졌다. 그리고 놀라 소리쳤다. 등불을 비춰
보니 피가 끈적끈적하게 고여 있는 것이다. 호이치
는 좌선 자세 그대로 앉아 있었는데 상처에서는 아
직도 붉은 피가 방울져 떨어지고 있었다.
　"이보게, 호이치!"
　놀란 스님은 소리쳤다.
　"이건 또 무슨 일인가. 자네 다치지 않았는가!"
　호이치는 스님의 목소리를 듣고, 그제야 안도했

귀 없는 호이치 이야기　　　　　　　　　　　　55

다. 그리고 소리내어 울면서 눈물 범벅이 되어 밤에 일어난 일을 이야기했다.

"오오, 이런 가여운......"

스님은 소리쳤다.

"이건 모두 나의 실수구나. 내가 잘못했네. 자네의 몸에 빠짐없이 경문을 쓴다는 것이 귀만 빠뜨렸어. 설마 이럴 것이라고는 생각지도 못하고 거기만은 다른 승려에게 맡겼는데. 시킨 대로 빠짐없이 썼는지 확인하지 않은 것이 나의 실수였네. 큰 죄를 지었어. 하지만 이제 와서 후회해도 소용없으니 어서 빨리 상처를 치료해야지. 그런데 호이치, 기뻐하게. 위험은 다 지나갔다네. 앞으로 두 번 다시 귀신에 홀리는 일은 없을 것이야."

호이치는 좋은 의원에게 치료를 받고 빠르게 회복했다. 이 일에 관한 소문은 금세 퍼져서 호이치는 순식간에 유명해졌다. 많은 부자들이 호이치의 비파 연주를 듣기 위해 일부러 아카마가세키까지 찾아왔다. 엄청난 금은보화를 선물받은 호이치는 머지않아 큰 부자가 됐다. 하지만 호이치는 이 일이 있은 후로 '귀 없는 호이치'로 불리게 되었다.

ROKURO-KUBI

로쿠로쿠비*

*일본의 요괴 중 하나. 주로 목이 길게 늘어나는 것과 목이 빠져 머리만
날아다니는 두 종류가 있다. 고전의 괴담과 수필에 자주 등장하며 요괴
그림의 소재가 되는 경우가 많다.

로쿠로쿠비의 원작인 「로쿠로쿠비희념각보복화(轆轤首恠念却報福話)」
(『괴물여론(怪物輿論)』, 4권, 1803년)에 수록된 삽화.

『야창괴담(夜窓怪談)』 상권(1894년) 「로쿠로쿠비(轆轤首)」에 수록된 삽화.

로쿠로쿠비

지금으로부터 오백 년 전의 일이다. 규슈에 있는 기쿠치 가문의 가신(家臣) 중 '이소가이 헤이타자에 몬 타케쓰라(磯貝平太左衛門武連)'라는 사람이 있었다. 이소가이는 몇 대에 걸쳐 용맹하기로 명성이 높은 조상의 피를 이어받아, 무예 실력은 타고 났으며 비범한 힘까지 갖춘 사내였다. 유년 시절부터 검도, 궁술, 창술 방면에서는 스승의 실력을 뛰어 넘었으며,

담력이 세고 여러 기예를 숙달하며 일찍이 그 재능을 드러냈다. 에이쿄의 난(永享の乱)* 당시에는 큰 공을 세워 훈장을 받기도 했다.

그런데 기쿠치 가문이 멸망하자 이소가이는 주군을 잃고 말았다. 이소가이라면 쉽게 다른 주인을 찾을 수 있었지만, 본래 일신의 영달을 추구하는 마음은 조금도 없는 사내인 데다 선군에 대해 충성을 다한다는 마음을 깊이 간직하고 있었기 때문에 그는 결국 속세를 버리기로 결심했다. 그리하여 머리를 자르고 이름을 '카이류(回龍)'라고 고쳐 행각승이 되었다.

하지만 카이류의 승려복 속에서는 여전히 뜨거운 무사혼이 타오르고 있었다. 옛날부터 어려움을 잘 견뎌냈던 것처럼 지금도 어떤 고난에도 크게 개의치 않았다. 그리고 어떤 악천후 속에서도 다른 승려

*무로마치(室町) 시대인 1438년(에이쿄 10년)에 간토지방에서 일어난 전란.

들이 가지 않는 벽촌 지역 교화에 나섰다. 당시는 온 세상이 혼란했기 때문에 승려의 신분이라고 해도 혼자서 길을 나서는 것은 결코 안전하지 않았다.

카이류는 가이(甲斐, 지금의 야마나시현) 지방으로 첫 번째 긴 행각을 떠났다. 산속을 걷고 있던 어느 날, 마을과 1리 정도 떨어진 아무도 없는 산골짜기에서 어둠을 맞이했다. 그날 밤은 별을 바라보며 잠을 청할 각오로 길 옆에 난 적당한 풀숲을 발견하고는 누워서 잘 준비를 했다.

카이류는 언제나 불편함을 기꺼이 받아들였다. 적당한 곳을 찾을 수 없을 때, 바위는 그에게 좋은 침상이 되었고, 소나무 뿌리는 더 할 나위 없는 베개가 되었다. 그의 몸은 쇠처럼 단단해 어떤 상황에서도 몸이 상하는 일은 없었다.

카이류가 자리에 누우려는 찰나에 한 쪽 길에서 남자 한 명이 올라왔다. 남자는 손에 도끼를 들고 등에는 커다란 장작을 짊어진 나무꾼이었다. 나무꾼은 바닥에 누우려는 카이류를 발견하고 가던 길을 멈춘 채 잠시 아무 말 없이 물끄러미 쳐다봤다.

"이보시오. 이런 곳에서 혼자 주무시려는 분은 뉘신지요……? 이 주변에는 무서운 요괴가 많이 살고 있습니다. 요괴가 무섭지 않으신가요?"

카이류는 매우 쾌활하게 답했다.

"저는 정처 없이 떠도는 행각승입니다. 여우나 너구리로 둔갑한 요괴나 귀신 따위는 전혀 무섭지 않습니다. 수행을 하기에는 조용한 곳이 좋지요. 저는 조용한 곳을 좋아합니다. 산과 들에서 자는 것은 익숙합니다. 그리고 저는 목숨을 지키기 위해 수행을 해 왔습니다."

이 말을 듣고 나무꾼은 답했다.

"그러시군요. 스님은 이런 곳에서 주무실 수 있을 만큼 담력이 대단한 분이시군요. 하지만 이곳은 무서운 전설이 전해져 오는 곳입니다. 옛말에 '군자는 위험에 가까이 가지 않는다'라고 하지 않습니까. 여기서 주무시는 것은 너무 위험합니다. 누추하지만 저희 집으로 함께 가시지 않겠습니까. 대접할 만한 음식은 없지만, 그래도 지붕이 있으니 어찌 됐든 안심하고 주무실 수 있을 것입니다."

나무꾼이 적극적으로 설득하자 카이류도 이 남자의 친절함이 마음에 들어 겸손한 요청을 흔쾌히 받아들였다.

나무꾼은 산꼭대기 숲 속의 험한 길을 조심조심 앞장서서 안내했다. 산길은 바위들로 울퉁불퉁했고, 절벽을 아슬아슬 돌아가기도 했다. 발 디딜 곳이라고는 사방으로 뻗어있는 미끄러지기 쉬운 나무뿌리로 가득한 길을 지나가기도 했다. 그런가 하면, 우뚝 솟은 바위를 넘어가거나 그 사이를 지나가기도 했다. 한참을 따라가다 주위를 둘러보니 어느 봉우리 정상에 난 평지에 와 있었다. 머리 위에는 영롱한 보름달이 떠 있었다. 그곳에는 작은 초가집이 한 채 있었고, 안에서 환한 불빛이 새어 나왔다. 나무꾼은 초가집 뒤쪽으로 카이류를 안내했다. 거기에는 근처 계곡에서 끌어온 맑은 물이 졸졸졸 넘쳐흐르고 있었다. 둘은 그 물에 발을 씻었다. 집 반대쪽에는 작은 밭과 울창한 삼나무 숲 그리고 대나무 숲이 있다. 대나무 숲 너머에는 높은 곳에서 떨어지는 폭포가 길고 흰 옷을 걸친 것처럼 달빛에 반짝반짝 빛나고 있었다.

카이류는 나무꾼의 안내를 받으며 집안으로 들어갔다. 화롯불이 켜진 작은방에는 네 명의 남녀가 모여 앉아 홀홀 타고 있는 불에 손을 쬐고 있었다. 넷은 카이류를 보자 고개를 숙여 정중하게 인사했다. 카이류는 이런 산골짜기에서 가난하게 살고 있는 사람들이 어쩌면 이렇게 기품 있는 인사를 하는지 신기했다.

'좋은 사람들이다. 이 사람들 중에 누군가 예를 아는 사람이 있어서 그 사람한테 배웠을 것이야.'

카이류는 속으로 생각하며 모두가 형님이라고 부르는 나무꾼에게 말했다.

"지금까지의 정중한 말씀과 조금 전의 인사를 보면, 아마도 당신은 평범한 나무꾼 같지 않습니다. 본래는 신분이 매우 높은 분 같습니다."

그러자 나무꾼은 미소를 지으며 답했다.

"네, 그렇습니다. 지금은 보시는 대로 이렇게 살고 있지만, 본래는 어느 정도 신분을 갖고 있었습니다. 저의 반생의 이야기는 자업자득 영락의 일대기입니다. 이렇게 보여도 예전에는 어느 다이묘(大名)* 가문에서 중요한 역할을 맡고 있었지만, 한때 술과 여자에 빠져 나쁜 짓을 저지르고 말았습니다. 저의 분별없는 행동으로 가문도 몰락하고, 수많은 목숨

---

*넓은 영지를 가진 무사. 특히, 에도시대에 1만 석 이상의 영지를 소유한 무사를 가리킴.

을 해치기도 했습니다. 그 응보가 돌고 돌아 결국 이 산속에서 오랫동안 숨어 지내게 됐습니다. 저도 지금은 과거의 행동을 참회하고 집안을 다시 일으킬 수 있기를 바라고 있지만, 아무래도 어려울 것 같습니다. 어떻게든 마음을 다잡고 저의 힘이 닿는 데까지 불행한 사람들을 도와 속죄하고 싶습니다."

카이류는 그의 훌륭한 마음속 이야기를 듣고 흔쾌히 그에게 말했다.

"젊었을 때 잘못을 저지른 사람이 나중에 매우 열심히 바르게 사는 것을 저는 지금까지 많이 봐 왔습니다. '악에 강한 사람은 결심의 힘으로, 또한 선에도 강하게 된다'는 것은 경문에도 쓰여있습니다. 당신은 선한 마음을 가진 분임에 틀림없습니다. 어떻게든 당신의 행운을 빌어드리고 싶습니다. 오늘 밤에는 당신을 위해 기도를 올리고, 지금까지의 업보를 이겨낼 힘을 얻을 수 있도록 기원하겠습니다."

이렇게 말하고 카이류는 나무꾼에게 편히 쉬라고 인사했다. 나무꾼은 미리 자리를 봐둔 방으로 카이류를 안내했다. 머지않아 집에 있는 사람들은 모두 잠자리에 들었지만, 카이류는 혼자서 행등 그림자 밑에 앉아 조용히 독경을 시작했다. 밤늦게까지 독경을 하며 기도를 이어갔다.

그리고 카이류는 잠자리에 들기 전에 한 번 더 밤 풍경을 보고 싶어서 작은방의 창문을 열었다. 밤은 아름다웠다. 하늘에는 구름 한 조각, 바람 한 점 없었다. 밝은 달빛은 나무 그림자를 지면에 선명하게 드리웠고, 정원에 서린 이슬은 반짝반짝 빛나고 있었다. 주변에서는 풀벌레 소리가 요란했다. 밤이 더욱 깊어가면서 집 근처의 폭포 소리가 점점 더 크게 들려왔다.

폭포 소리를 듣고 있는데 목이 말랐다. 그때 집 뒤쪽에 홈통이 있는 것이 생각났다. 자고 있는 사람들에게 방해가 되지 않도록 조용히 나가서 물을 한 모금 마시고 오려고 했다. 좁은 방 사이에 있는 미닫이문을 조용히 열었더니 행등 밑에서 자고 있는 다섯 명의 모습이 보였다. 그런데 자고 있는 다섯 명의 몸에 머리가 없었다.

순간 카이류는 불길한 예감이 들었다. 그리고 한참 동안 꼼짝 못 하고 서 있었다. 다음 순간, 머리가 없는 몸 주변에 혈흔이 전혀 없다는 것을 발견했다. 더 자세히 보니 목덜미는 무언가에 잘린 흔적이 없었다.

카이류는 생각했다.

"이는 무언가 요괴가 저지른 환영이거나, 아니면 내가 로쿠로쿠비가 사는 집으로 유인된 것이 틀림없어…… 〈수신기(搜神記)〉에 목이 없이 몸만 있는 로쿠로쿠비를 본 자가 그 몸을 다른 곳으로 옮기면, 떨어진 머리는 다시는 원래의 몸으로 돌아올 수 없다고 쓰여있지. 그리고 떨어져 나간 머리가 돌아와서 자신의 몸이 다른 곳으로 옮겨진 것을 알면, 그 머리는 공처럼 세 차례 바닥을 튀어오르다가 공포에 질려 신음하면서 그대로 죽어버린다고도 쓰여있지. 그런데 이것들이 정말로 로쿠로쿠비라면 반드시 나를 해칠 것이야. 좋아, 그렇다면 책에 있는 대로 해도 무방하겠지."

그렇게 결심한 카이류는 즉시 나무꾼의 한쪽 다리를 잡고 몸을 창 쪽으로 끌고 가서 방 밖으로 내던졌다. 집 뒤쪽으로 가보니 문은 잠겨 있었다. 그래서 그는 열려 있는 지붕 굴뚝으로 머리들이 빠져나갔을 것이라고 추측했다.

카이류는 조심히 문을 열고 정원으로 나가서 맞은편에 있는 숲으로 발소리를 죽이며 걸어갔다. 그때 숲속에서 말소리가 들려왔다. 카이류는 그 소리를 따라 나무 그림자 밑을 걸으며 머리들이 숨어 있는 곳으로 다가갔다. 나무 그림자 뒤에 숨어서 살며시 내다보니 머리 다섯 개가 팔랑팔랑 날아다니면서 무언가 이야기를 나누는 것이 보였다. 머리들은 땅과 숲에서 잡은 벌레를 먹고 있었다. 잠시 후 나무꾼의 머리가 먹던 것을 멈추고 말했다.

"아아...... 오늘 밤에 온 행각승, 그놈은 꽤 통통한 놈이었어. 그놈을 잡아먹으면 엄청 배부를 텐데...... 아니, 방금 전에는 내가 바보 같은 소리를 했어. 그놈한테 내 영혼을 위해 기도를 하게 해버렸지 뭐야. 그놈이 독경을 하는 동안에는 근처에 갈 수가 없단 말이지. 기도를 하는 중에는 그놈을 건드릴 수 없으니까. 하지만 곧 아침이 되는군. 지금은 푹 자고 있겠지? 이봐, 누가 안으로 가서 그놈이 뭐하고 있는지 살짝 보고 와봐."

젊은 여자 머리가 곧장 집 쪽으로 팔랑팔랑 날아

갔다. 그 모습이 박쥐처럼 가벼워 보였다. 2~3분 정도 지나자 여자 머리가 돌아와서, 매우 놀라고 당황한 모습으로 쉰 목소리를 쥐어 짜내 듯 소리쳤다.

"행각승이 집에 없습니다! 그놈이 사라져 버렸어요! 더 큰일은 그놈이 대장의 몸을 가져가 버렸습니다. 어디에 뒀는지 모르겠어요."

카이류는 그 말을 들은 나무꾼의 머리가 무섭게 변한 것을 달빛으로 분명히 알 수 있었다. 눈알이 튀어나올 듯이 눈을 부릅뜨고, 머리카락은 거꾸로 풀어헤친 채 이를 악물고 신음했다. 그리고 분노의 눈물을 흘리며 소리쳤다.

"으으으, 내 몸이 다른 곳으로 옮겨졌다면 이제는 나는 원래대로 돌아갈 수 없어! 난 이제 죽게 될 것이야...... 다 그 중 놈 때문이다. 으으으, 죽기 전에 그 중 놈을 물어뜯어 찢어 죽여 버릴 것이야. 크하악...... 잡아먹어 버릴테야! 아아 중 놈, 저기 있군.

저 나무 뒤에 숨어 있었어. 에잇, 비겁한 자식!"

　말이 끝나기 무섭게 나무꾼의 머리는 네 머리와 함께 카이류를 향해 덤벼들었다. 힘에는 자신 있는 카이류는 나뭇가지 한 자루를 꺾어 그것을 방패 삼아 태세를 갖췄다. 카이류는 덤벼드는 머리들을 나무로 후려쳐 때려눕히고 종횡무진 치열하게 공격해 가까이 다가오지 못하게 했다. 결국 네 개의 머리는 도망쳤다. 그런데 나무꾼의 머리는 아무리 때려도 물러서지 않고 오히려 더 필사적으로 덤벼들더니 카이류의 왼쪽 소맷자락을 덥석 물었다. 카이류는 재빨리 머리채를 잡고 몇 번이나 가격했지만 머리는 전혀 떨어지려 하지 않았다. 머지않아 머리는 긴 신음 소리를 내더니 더 이상 저항하지 않고 축 늘어졌다. 그대로 머리는 죽었다. 하지만 머리는 소매를 이로 꽉 문 채 떨어지지 않았다. 카이류가 혼신의 힘을 다해 떼어내려 했지만 입은 벌어지지 않았다.

카이류가 소매에 머리를 매단 채 초가집으로 돌아와 보니 피투성이가 된 네 머리는 자신들의 몸에 붙어서, 서로 몸을 맞대고 웅크리고 앉아 있었다. 카이류가 온 것을 보고 "저 중 놈이...... 중 놈이......"라고 소리치고는 모두 문을 빠져나가 숲 속으로 도망쳤다.

동쪽 하늘이 하얗게 밝아오며 동이 트기 시작했다. 카이류는 요괴의 힘은 어두울 때 뿐이라는 것을 알고 있었다. 소매에 매달린 요괴의 머리를 가만히 바라보았다. 얼굴은 피와 거품, 진흙 투성이었다.

"이런...... 기념품이 요괴 머리라니."

카이류는 큰 소리로 껄껄 웃었다. 그러고는 얼마 되지 않는 짐을 챙기고 다시 행각을 떠나기 위해 유유히 산 길에 올랐다.

무사히 행각을 이어갈 수 있었던 카이류는 이번

에는 신슈 스와(信州諏訪, 지금의 나가노현 중부 지역)에 도착했다. 카이류는 팔에 머리를 매단 채 스와 마을 의 큰 길을 당당히 활보했다. 그 모습을 본 길을 가 던 여인은 기절했고, 아이들은 소리를 지르며 도망 쳤다. 많은 사람들이 모여 큰 소란이 일자 포졸들이 와서 카이류를 잡아 감옥에 가두었다. 포졸들은 머 리는 살해당한 남자의 것이며, 살해되었을 때 범인 의 소매에 매달렸을 것이라고 지레 짐작했다.

그런데 카이류는 조사를 받으면서도 그저 히죽히 죽 웃을 뿐 아무 말도 하지 않았다. 그날 밤은 감옥 에서 보내고, 다음날이 돼서 마을의 재판관들 앞으 로 끌려 나갔다. 재판관들은 출가한 자가 무슨 이유 로 소매에 사람 머리를 매달고 다니는지, 그리고 어 째서 부끄러움도 없이 만천하에 자신의 죄상을 드 러내 놓고 다니는지 그 이유를 밝히라고 추궁했다.

카이류는 심문 내용을 듣고 잠시 큰 소리로 껄껄

로쿠로쿠비

웃다가 말을 꺼냈다.

"이 머리는 제가 매단 것이 아닙니다. 머리가 여기에 달라붙어 있어서 저도 매우 불편합니다. 저는 어떤 죄도 짓지 않았습니다. 실은 이것은 인간의 머리가 아니라 요괴의 머리입니다. 그리고 요괴를 죽인 것은 저 자신을 지키기 위함이었습니다. 특별히 피를 흘리며 싸운 것은 아닙니다."

그렇게 말한 후 카이류는 일의 전말을 상세히 설명했다. 다섯 개의 머리와 싸운 장면에서는 다시 한 번 큰 소리를 내며 웃었다. 하지만 재판관들은 웃지 않았다. 그들은 카이류가 배짱 좋고 고집스러운 죄인이며, 얼토당토않은 이야기로 사람을 모욕한다고 생각했다. 심문은 거기서 끝이 났고, 즉시 사형 선고를 내렸다.

그런데 그때 한 명의 나이 든 재판관이 그 판결에

이의를 제기했다. 그 재판관은 재판 중에는 한 마디도 하지 않았지만 다른 재판관들의 이야기를 다 들은 후에 서서히 자세를 바로 고치며 말을 꺼냈다.

"여러분, 일단 저 머리를 살펴보는 것이 어떻습니까? 아직 조사가 끝나지 않은 것 같습니다. 이 승려의 말이 사실인지 아닌지 머리를 보면 알 수 있을 것입니다. 여봐라, 먼저 목을 여기로 가져오도록 하여라."

카이류가 입고 있는 승려복을 벗겨 소매에 달려있는 머리를 재판관들 앞으로 가져갔다. 나이 든 재판관은 머리를 몇 번이나 이리저리 돌려 보며 자세히 살폈다. 그리고 목덜미에 기이한 붉은 글자가 새겨져 있는 것을 발견했다. 그는 붉은 글자를 다른 재판관들에게 보여주면서 머리가 잘려나간 곳에는 칼로 베인 상처가 어디에도 없다고 강조했다. 잘린 목은 나뭇잎이 가지에서 저절로 떨어진 것처럼 그 자리가 매끄러웠던 것이다. 이윽고 나이 든 재판관은 말했다.

"승려의 말이 사실임은 이것으로 분명해졌습니다. 이 머리는 로쿠로쿠비입니다. '남방이물지(南方異物志)'라는 책을 보면 로쿠로쿠비의 목덜미에는 반드시 붉은 문자가 새겨져 있다고 기록되어 있는데, 이 머리에는 그 문자가 있습니다. 여러분도 보셨다시피, 이 문자는 나중에 쓴 것이 아닙니다. 가이 지방의 산속에 예로부터 이런 요괴가 살고 있다는 이야기는 저도 들어 알고 있습니다."

"그런데, 스님!"

나이 든 재판관이 카이류를 향해 외쳤다.

"당신은 보기 드문 담력을 갖고 있는 매우 용감한 스님이시군요. 승려라기보다 무사의 풍모가 느껴집니다만, 추측건대 본래 뛰어난 무사가 아니었나요?"

"말씀하신 대로 저는 승려가 되기 전에 오랫동안 무사였습니다. 그때는 인간도 요괴도 무섭지 않았습니다. 당시는 규수 키쿠치의 가신으로 이소가이 헤이타자에몬 타케쓰라라는 이름으로 불렸습니다. 여기 계신 분들 중에도 그 이름을 기억하시는 분이 계실 것입니다."

카이류가 옛 이름을 말하자 여기저기서 놀라는 소리가 들렸다. 카이류의 이름을 기억하는 사람이 여러 명 있었기 때문이다. 순식간에 상황이 바뀌어 카이류는 재판관들이 아닌 벗들 사이에 있다는 것을 깨달았다. 그 벗들은 모두 카이류에게 진심으로 친애하는 마음을 나타냈고, 우의의 뜻을 담아 칭송의 말을 건넸다.

재판관 일동은 카이류를 정중히 경호하여 영주가 있는 관사까지 데려갔다. 영주는 환대와 향응으로 카이류를 대접한 후에 마을을 나가는 것을 허락했다. 카이류는 영주의 호의 덕분에 스와를 떠날 때는 덧없는 이 세상에서 승려의 몸으로 누릴 수 있는 모든 행복을 누렸다. 머리는 기념이라며 그대로 소매에 매단 채 유유히 행각 길에 올랐다.

* * *

그 뒤로 요괴의 머리는 어떻게 됐을까? 그것에 대해서는 이런 이야기가 남아있다.

스와를 출발해 하루 이틀 정도 지났을 무렵, 카이류는 어느 한적한 곳에서 도둑을 만났다. 도둑이 몸에 걸치고 있는 것을 전부 내 놓으라고 위협해, 카이류는 승려복을 벗어 도둑에게 건넸다. 그제야 도둑은 옷소매에 머리가 달려있다는 것을 알아챘다. 제아무리 대담한 도둑이라도 머리를 보고 놀라지 않

을 수 없었다. 도둑은 승려복을 떨어뜨리고 뒷걸음
질쳤다.

"이야... 당신은 대체 뭐 하는 스님이야. 나보다
더 독한 악질이군. 나도 사람을 죽인 적은 있지만,
죽인 사람의 머리를 소매에 매달고 다닌 적은 한 번
도 없다고. 좋아, 스님. 우리는 동지다! 나는 당신에
게 반했다고. 그런데 이 머리는 나한테 더 쓸모가 있
겠는데. 이 머리로 사람들을 겁줘야겠어. 어때? 이
머리를 나한테 팔지 않겠나. 승려복을 내 옷이랑 바
꾸자고. 그리고 머리 값으로 다섯 냥을 내지."

"그렇다면 당신에게 머리와 승려복을 모두 드리
겠습니다. 하지만 미리 말해두지만, 이 머리는 사람
의 머리가 아닙니다. 소승에게 이 머리를 산 후에 안
좋은 일이 생겨도 저한테 당했다고 생각하지는 마
십시오."

"이거 재밌는 스님이네. 사람을 죽이고 농담까지

하다니 말이야. 하지만 난 진심이라고. 자, 옷은 여기 있고, 돈도 여기 두겠네. 이제 그 머리를 나에게 건네. 난 진심이라고!"

"그렇다면 드리죠. 소승은 농담하는 것이 아닙니다. 이상한 것이라면, 당신이 요괴의 머리를 큰돈을 주고 산 것이지요."

그렇게 말한 후, 카이류는 크게 웃으며 사라졌다.

한편, 도둑은 머리와 승려복을 손에 넣고, 한동안 '요괴 스님' 행세를 하며 이곳저곳을 돌아다녔다. 그러던 어느날 스와 근처에서 머리에 대한 이야기를 듣고, 갑자기 로쿠로쿠비의 화가 두려워졌다. 그래서 도둑은 머리를 원래 있던 곳에 돌려놓고, 요괴의 몸과 함께 묻기로 결심했다.

그는 가이의 산속에 있는 작은 집으로 가는 길을 겨우 알아냈다. 그곳에는 아무도 살고 있지 않았다.

요괴의 몸통은 어디에도 없었다. 하는 수 없이 도둑은 머리만 집 뒤쪽 수풀 속에 묻고, 로쿠로쿠비의 망령을 위해 시아귀* 법회를 열었다. 실제로 지금까지도 그곳에는 '로쿠로쿠비의 무덤'이라고 불리는 무덤이 남아 있다.

(라고, 적어도 일본의 작가는 그렇게 말했다.)

---

*악도(惡道)에 떨어져 굶주림에 고통받는 연고없는 망령을 위하여 독경·공양하는 일.

JIKININKI

식인귀

식인귀

옛날 무소국사(夢窓國師)라는 선종의 한 승려가 미노(美濃, 지금의 기후현 남부) 지방을 혼자서 순례하던 중에 인적 없는 산속에서 길을 잃었다. 한참을 헤맨 끝에 더 이상 오갈 곳 없어 포기하려던 순간, 일몰의 마지막 빛이 비치는 정상에 외로운 승려를 위해 서 있는 암자 한 채를 발견했다. 그 암자는 상당히 낡아 보였지만, 그래도 무소국사는 걸음을 서둘러 암자

에 가 보았다. 때마침 노승이 살고 있어서 무소국사
는 하룻밤만 재워 달라고 부탁했다. 그런데 노승은
부탁을 단호히 거절했다. 대신에 옆 계곡에 마을이
하나 있는데 그곳에 가면 잠자리를 구할 수 있을 것
이라고 알려주었다.

　옆 마을은 집이 겨우 열두, 세 채 있을까 말까 하
는 작은 마을이었다. 무소국사는 마을 촌장의 집으
로 찾아갔다. 그곳에는 사오십 명의 남자들이 넓은
방에 모여 있었다. 무소국사는 좁은 별채로 안내받
고 식사와 이불을 제공 받았다.
　아직 초저녁이었지만 지친 무소국사는 곧바로 자
리에 누웠다. 그런데 한 밤중에 옆방에서 누군가가
큰 소리를 내며 울었다. 그 소리에 무소국사는 잠에
서 깼다. 머지않아 장지문이 스르륵 조용히 열리고,
한 젊은 남자가 손에 등불을 들고 방 안으로 들어와

조심조심 무소국사 앞에 엎드려 정중히 절을 했다. 그리고 다음과 같은 말을 꺼냈다.

"스님, 송구하지만 드릴 말씀이 있습니다. 저는 이 집의 가장입니다. 하지만 어제까지는 이 집의 장남이었습니다. 매우 피곤해 보이셔서 폐를 끼치면 안될 것 같아 말씀드리지 않았습니다만, 실은 저희 아버지께서 두세 시간 전에 돌아가셨습니다. 보셨겠지만, 옆방에 모인 사람들은 아버지의 장례에 온 마을 사람들입니다. 지금부터 저희들은 다 함께 여기서 1리 정도 떨어진 다른 마을로 가야 합니다. 이는 우리 마을의 관습으로 마을에서 사람이 죽으면 그날 밤은 마을에 한 사람도 남아 있어서는 안됩니다. 공물을 바치고 장례를 마친 후 시신만 집에 두고 모두 마을 밖으로 나가야 합니다. 그런데 시신을 집에 두고 난 후에는 항상 이상한 일이 일어납니다. 그러니 스님도 저희들과 함께 마을을 떠나 있는 것이 좋겠습니다. 잠잘 곳은 다른 마을에도 괜찮은 곳이 있습니다.

하지만 스님이시니 귀신이나 요괴들이 두렵지는 않으시겠죠? 혹시 이 집에서 시신과 함께 남으셔도 특별히 상관없으시다면, 비록 누추한 곳이기는 하지만 부디 편히 쉬십시오...... 스님 같은 분이 아니라면, 아무도 오늘 밤 빈집에 혼자 계시라고는 하지 않을 것입니다."

무소국사는 답했다.

"신경 써 주셔서 매우 감사합니다. 하지만 소승이 이곳에 왔을 때 아버님이 돌아가신 것을 알았다면 좋았을 텐데 아쉽습니다. 조금 피곤하기는 하지만 소승의 역할을 못할 정도로 지쳐 있지는 않습니다. 마을을 떠나기 전에 독경을 한 편도 못할 뻔했는데, 그러시면 여러분이 떠나신 후에 저는 독경을 하고 있겠습니다. 내일 아침까지 소승이 시신 옆에서 자리를 지키겠습니다. 그리고 집에 사람이 남아 있으면 안 된다고 하셨는데, 그 영문은 잘 모르겠지만 소승은 귀신과 요괴 따위는 전혀 무섭지 않습니다. 그 점은 염려하지 마십시오."

젊은 가장은 무소국사의 침착한 말을 듣고 얼굴에 화색을 띠며 감사 인사를 했다. 무소국사의 호의에 대해 전해 들은 가족들과 옆방에 있던 마을 사람들도 감사 인사를 하러 왔다. 가장이 말했다.

"그러면 스님. 스님을 혼자 남게 하는 것이 매우 마음에 걸리지만 저희는 이제 떠나야겠습니다. 자정이 넘어 집에 사람이 있어서는 안되기 때문입니다. 부디 저희가 없는 동안에 몸조심 하십시오. 혼자 계실 때 무언가 이상한 일이 생기면 내일 아침에 저희에게 말씀해 주세요."

곧 모두가 집을 나가고, 무소국사는 홀로 시신이

놓여 있는 방으로 들어갔다. 시신 옆에는 평범한 공물이 놓여 있고, 작은 등불이 타고 있었다. 무소국사는 독경을 하고 큰 소리로 설법을 한 후 명상에 들어갔다. 그렇게 몇 시간 동안 가만히 앉아 있었다. 사람들이 모두 떠난 마을은 쥐 죽은 듯이 조용했다.

밤의 정적이 한 층 더 깊어질 무렵이었다. 갑자기 어슴푸레한 커다란 형체가 소리도 없이 집 안으로 스르륵 들어왔다. 그 순간, 무소국사는 전신이 사슬에 묶인 듯 꼼짝할 수 없고 말도 할 수도 없게 되어 그저 지켜볼 수밖에 없었다. 그 거대한 형체는 순식간에 시신을 양손으로 들어 올려 덥석 물고는 고양이가 쥐를 잡아먹는 것보다도 더 빠르게 아그작아그작 소리를 내며 먹기 시작했다. 먼저, 시신의 머리부터 시작해서 머리카락과 뼈, 수의까지 먹어 치웠다. 시신을 다 먹은 요괴는 이번에는 공물 쪽으로 몸을 틀어 그것도 모조리 먹어 치웠다. 그리고 들어왔

식인귀

을 때처럼 소리 없이 어디론가 사라졌다.

　다음날 아침, 마을 사람들이 돌아왔을 때 무소국사는 집 앞에서 사람들을 기다리고 있었다. 마을 사람들은 돌아가며 무소국사에게 인사를 하고 그대로 집 안으로 들어가 여기저기를 살폈지만, 아무도 시신과 공물이 사라진 것에 놀라지 않았다. 그때 가장이 무소국사에게 말했다.

　"스님, 어젯밤에는 아마도 이상한 광경을 보셨을 것입니다. 실은 모두 걱정했습니다. 그런데 이렇게 무사하시고 다친 곳 하나 없으셔서 천만다행입니다. 가능한 저희가 함께 하고 싶었지만, 어제 말씀드린 대로 마을의 관습에 죽은 사람이 있으면 그 시신만 두고 집을 비워야 합니다. 이를 어기면 반드시 큰 재앙이 닥칩니다. 하지만 그대로 하면 마을을 비운 사이에 시신과 공물이 반드시 사라집니다. 그 이유는 아마도 직접 보셨을 것입니다."

무소국사는 어젯밤에 본 어슴푸레한 커다란 형체의 요괴가 시신이 있는 방으로 들어와 시신과 공물을 먹어치운 일을 이야기했다. 그런데 이야기를 듣고도 놀란 사람은 아무도 없었다. 가장은 무소국사에게 말했다.

"스님, 지금 하신 말씀은 옛날부터 전해져 오는 이야기와 같습니다."

무소국사는 바로 물어보았다.

"그런데 저기 산꼭대기에 스님이 사시던데, 그 스님은 마을의 장례를 치러주지 않으시나요?"

"네? 어떤 스님을 말씀하시나요?"

"아니, 그 스님이 어젯밤에 저에게 이 마을로 가라고 알려 주셨습니다."

무소국사는 놀라며 답했다.

"소승은 저 산에서 스님 한 분이 계신 암자에 갔

습니다. 그런데 그 스님은 저에게 잠자리를 내어주는 대신 이 마을로 오는 길을 알려 주셨어요."

무소국사의 말을 듣고 있던 사람들은 놀란 듯 서로의 얼굴을 마주 보더니 잠시 침묵했다. 잠시 후 가장이 말을 꺼냈다.

"스님, 저 산에는 스님은 고사하고 암자도 없습니다. 몇 대째 이 근처에는 스님이 계셨던 적이 없습니다……"

무소국사는 아무 말도 하지 못하고 입을 닫아 버렸다. 자신을 친절히 대해 줬던 마을 사람들이 자신을 마치 귀신에 홀린 사람처럼 보는 것 같았기 때문이다.

무소국사는 앞으로의 여정에 필요한 정보를 자세히 물어본 뒤 마을 사람들에게 작별 인사를 했다. 그러다 문득 다시 한 번 산 위에 있는 암자를 찾아가 정말로 자신이 귀신에 속은 것인지 확인해 보고 싶어졌다. 암자가 있는 곳은 금방 찾을 수 있었다. 나이 든 주인은 이번에는 무소국사를 안으로 맞아들였다.

"아아 부끄럽습니다. 너무도 부끄럽습니다. 부끄럽기 그지없습니다……"

무소국사가 안으로 들어가자 주인은 갑자기 머리를 조아리며 소리쳤다.

"아니, 어젯밤에 재워 주지 않았다고 그렇게까지 소승에게 부끄러워할 필요는 없습니다."

무소국사가 말했다.

"덕분에 스님이 알려주신 마을로 가서 어젯밤은 친절하게 대접을 아주 잘 받았습니다. 마음 써 주셔서 감사할 따름입니다."

그러자 주인이 대답했다.

"저는 아무에게도 방을 내 줄 수 없는 몸입니다.

부끄러운 것은 부탁을 거절한 것이 아니라 스님께 저의 정체를 들켜버렸기 때문입니다. 어젯밤 스님의 눈앞에서 시신과 공물을 먹어 치운 것은 다름이 아닌 바로 접니다. 스님, 실은 저는 인육을 먹고 사는 식인귀입니다. 자비로운 마음으로 부디 제가 어쩌다 이런 신세가 되었는지 그 업보에 대해 들어 주세요."

"옛날에 저는 이 외딴 시골의 승려였습니다. 당시 이 산골 마을에는 승려가 한 명도 없었습니다. 그래서 마을에서 사람이 죽으면 저의 설법을 들으려 이곳 산꼭대기까지 데리고 왔습니다. 때로는 매우 먼 곳에서 저를 찾아온 사람들도 있었습니다. 그런데 저는 독경도 설법도 그저 먹고살기 위해 반복할 뿐, 마음속에는 항상 그로 인해 얻는 재물 생각뿐이었습니다. 사리사욕의 망념에 사로잡힌 저는 이 세상을 떠나자마자 식인귀로 환생했습니다. 그 뒤로 이 마을에서 사람이 죽으면 반드시 그 시신을 먹어 치워야 하는 업보를 치르게 된 것입니다. 어젯밤에 스님이 보신 것처럼 이것저것 고르지 않고 말입니다. 자비로운 스님, 부탁이 있습니다. 이런 저를 위해서 부디 시아귀를 해 주십시오. 스님의 기도로 이승의 업보로부터 성불시켜 주십시오."

이렇게 부탁을 한 주인은 암자와 함께 홀연히 사라졌다. 무소국사는 문득 깨어나 보니 키 높이 정도 되는 덩굴 안에 스님의 묘지로 보이는 이끼 낀 오래된 오륜탑 옆에서 홀로 단정히 무릎을 꿇고 앉아 있었다.

A DEAD SECRET

묻혀버린 비밀

묻혀버린 비밀

옛날 탄바(丹波, 지금의 효고현 동부) 지방에 이나무라야 겐스케라고 하는 부자 상인이 살고 있었다. 겐스케에게는 오소노라고 하는 딸이 하나 있었다. 오소노는 매우 영리하고 외모도 빼어나, 겐스케는 시골 스승의 교육만으로 딸을 키우는 것을 매우 안타까워했다. 그래서 성실한 하인을 붙여서 딸을 교토(京都)로 보내 도읍지 처자들이 배우는 예의범절을 배우게 했다. 한차례 수행을 마친 후 오소노는 아버지와 친분이 있는 나가라야라는 상인 집안으로 시집을 가서 4년 동안 그런대로 행복하게 지냈다. 부부 사이에는 아들이 하나 있었다. 그런데 오소노는 결혼한 지 4년째가 되던 해에 병에 걸려 세상을 떠나고 말았다.

장례를 치르던 날 밤, 오소노의 아들은 사람들에게 "지금 어머니가 돌아오셔서 2층 방에 계시는데, 어머니는 나를 보고 미소를 짓기만 하고 아무런 말씀을 하지 않는다. 나는 무서워서 도망쳐 나왔다"라고 말했다. 그래서 집에 있던 사람 서너 명이 생전에 오소노가 쓰던 2층 방으로 가 보았다.

불단에 켜 놓은 작은 등불 아래 죽은 오소노의 모습이 보여 사람들은 깜짝 놀랐다. 오소노는 옷장 바로 앞에 서 있었다. 옷장 안에는 빗과 비녀, 옷등이 아직 들어 있었다. 오소노의 모습은 머리에서 어깨 근처까지는 선명하게 보였지만, 허리 아래로는 흐릿했다. 저승의 모습을 한 오소노는 마치 물 표면에 비친 그림자처럼 전체가 투명해 보였다.

사람들은 두려움에 떨며 방을 빠져나갔다. 그런 다음 복도에 모여 다 함께 논의했다. 그때 오소노의 시어머니가 말했다.

"여자는 본래 자기 몸에 지니고 있는 것을 좋아하는데, 오소노도 자신의 물건을 아주 소중히 여겼어요. 아마 그 아이도 자신의 물건을 보러 온 게 아닐까요? 그런 물건을 절에 갖다 놓지 않고 그대로 두면 죽은 사람이 돌아오는 거죠. 우리도 빨리 그 아이의 기모노랑 오비*들을 절에 봉납하면 그 아이의 영혼도 편안해질 거예요."

의논한 결과 한 시라도 빨리 그렇게 하는 것이 좋겠다는 결론이 났다. 다음날 아침, 옷장 서랍을 전부

---

*일본의 전통 의상인 기모노를 입을 때 허리를 묶는 띠.

비워서 오소노의 머리 장식과 옷 등을 절로 가져갔다. 그런데 그날 밤에도 오소노는 다시 돌아와 전날 밤처럼 자신의 옷장을 빤히 바라보고 있었다. 다음 날 밤에도 또 그 다음 날 밤에도 오소노는 매일 밤 다시 돌아왔다. 그렇게 오소노의 집은 공포의 집이 되어갔다.

어느 날 오소노의 시어머니는 조상 대대로 모시고 있는 절에 가서 주지 스님에게 일의 전말을 이야기하고 유령 처치법을 상의했다. 그 절은 선종의 절로 다이겐(大玄) 스님이라는 덕망 높은 주지 스님이 있었다.

"그것은 필시 옷장 안쪽 아니면 그 근처에 며느님의 마음에 남아 있는 무엇인가가 있는 것이 분명합니다."

스님이 이렇게 말하자, 시어머니는 답했다.

"그런데 옷장 서랍 안은 전부 비워서 지금은 아무것도 없습니다."

"좋습니다. 그러면 오늘 밤에 제가 직접 가보지요. 그 방에서 지켜보고 다시 방법을 생각해 보지요. 그리고 제가 지켜보고 있는 동안에는 제가 부를 때까지 아무도 들어오지 않도록 친지분들께 주의시켜 주십시오."

날이 저물고 스님은 오소노의 집으로 갔다. 2층 방은 이미 준비가 되어 있었다. 스님은 그 방에서 혼자 독경을 하며 기다리고 있었지만, 자정 전까지는 아무것도 나타나지 않았다. 그런데 자정 즈음이 되자 옷장 앞에 홀연히 오소노의 모습이 흐릿하게 나타났다. 오소노는 무언가 근심이 가득한 얼굴을 하고서 가만히 옷장 쪽을 바라보고 있었다.

스님은 잠시 마음을 모아 독경을 하다가, 이윽고 오소노의 법명을 부르며 말을 꺼냈다.

"나는 당신을 돕기 위해 이렇게 여기까지 왔습니다. 가만히 지켜보니 이 옷장 안에 무슨 이유에서인지 마음에 걸리는 것이 있는 것 같은데, 괜찮다면 제가 찾아 드릴까요?"

그러자 오소노의 환영은 머리를 살짝 움직이며 대답을 하는 것처럼 보였다. 스님은 벌떡 일어나 옷장 맨 위쪽 서랍을 열었다. 서랍은 텅 비어 있었다. 두 번째, 세 번째, 네 번째 서랍을 차근차근 열어 본 후 서랍 안쪽과 뒤쪽, 그리고 바닥까지 하나하나 꼼꼼히 살펴봤지만 아무것도 나오지 않았다. 그럼에도 오소노의 모습은 지금까지처럼 근심 가득한 얼굴로 가만히 바라보고 있었다.

'대체 어떻게 해 주길 바라는 것일까?'

스님은 고민했다.

스님은 문득, 어쩌면 서랍 안에 발린 종이 밑에 뭔가를 숨겨둔 것이 아닐까 하고 생각했다. 그래서 맨 위 서랍 속 종이를 벗겨 봤지만, 아무것도 없었다. 두 번째, 세 번째 서랍 속 종이도 벗겨 봤지만, 역시 아무것도 없었다. 그런데 가장 아랫단 서랍 속 종이 안에서 한 통의 편지가 나왔다.

"아하, 이거군요! 당신이 걱정한 것이."

스님이 물으니 오소노의 환영은 조용히 그 편지를 바라보았다.

"이 편지를 태워 버릴까요?"

스님이 물었다. 그러자 오소노는 스님 앞에서 조용히 고개를 숙였다.

"좋아요, 좋습니다. 내일까지 기다릴 것도 없이 오늘 아침에 절에 돌아가서 당장 태워 버리겠습니다. 저 말고는 아무도 읽지 못하게 하겠습니다."

스님이 그렇게 약속을 하자 오소노의 환영은 미소를 지으며 그대로 사라졌다.

스님이 2층에서 내려왔을 때는 벌써 동이 트고 있었다. 복도에서는 집안 사람들이 걱정하며 기다리고 있었다. 스님은 모두에게 말했다.

"걱정할 것 없습니다. 며느님은 이제 두 번 다시 나타나지 않을 겁니다."

그날 이후 오소노는 두 번 다시 나타나지 않았다.

편지는 불태워 버려졌다. 그 편지는 오소노가 교토에서 예의범절을 배우던 당시 어떤 사람에게서 받은 연애편지였다. 그 편지 안에 적힌 내용을 아는 사람은 다이겐 스님 한 명뿐이었다.

비밀은 스님의 죽음과 동시에 영원히 묻혔다.

묻혀버린 비밀

UBAZAKURA

유모 벚나무

유모 벗나무

300년 전, 이요(伊豫, 지금의 에히메현) 지방의 온센(温泉)군 아사미(朝美) 마을에 도쿠베라는 사람이 살고 있었다. 도쿠베는 이 지역에서 가장 큰 부자로 촌장을 맡고 있었다. 도쿠베는 그런대로 행복하게 살고 있었지만, 단 한 가지 아쉬운 점은 마흔이 되어서도 아직 아버지가 되는 즐거움을 맛보지 못했다는 것이다. 부부는 아이가 없는 것을 한탄하며, 마을에

114

있는 사이호지(西方寺)라는 절의 유명한 부동명왕에게 소원을 빌었다.

이윽고 부부의 소원이 이루어져 도쿠베 부인은 딸을 낳았다. 매우 예쁘다는 의미에서 츠유(露)라고 이름을 지었다. 하지만 부인이 젖이 부족해서 오소데라는 유모를 고용했다.

츠유는 아름다운 소녀로 자랐다. 그런데 열다섯 살이 되었을 때 큰 병에 걸리고 말았다. 의원의 도움도 소용이 없었다. 평소 츠유를 자식처럼 예뻐했던 유모 오소데는 츠유를 위해 매일 몰래 사이호지를 찾아가 진심을 다해 부동명왕에게 빌었다. 오소데는 21일 동안 매일 절을 찾아가 기도를 올렸고, 기도 마지막 날 츠유는 기적처럼 병에서 회복했다.

도쿠베 집안은 기쁨으로 가득 차 지인들을 초대해 딸의 회복 축하연을 열었다. 그런데 연회가 있던 그날 밤부터 이번에는 오소데가 갑자기 병에 걸려 앓기 시작했다. 다음날 아침 오소데의 상태를 보러 온 의원은 그녀의 목숨이 오늘 내일로 임박했다고 말했다.

도쿠베 집안 사람들은 매우 슬퍼하며 임종을 앞둔 오소데 주위에 모여 앉았다. 그때 오소데가 이런 말을 했다.

"드디어 제가 여러분께 말씀을 드릴 때가 왔습니다. 실은 저의 기도가 이루어졌습니다. 저는 따님을 대신하기 위해 부동명왕께 기도를 올렸습니다. 감사하게도 그 마음이 통했습니다. 그러니 여러분은 제가 죽는 것을 결코 슬퍼하지 마십시오...... 그저 단 한가지 부탁이 있습니다. 실은 소원이 이루어졌을 때에는 그 보답으로 사이호지 경내에 벗나무 한 그루를 시주하겠다고 부동명왕님께 약속을 했습니다. 지금은 제가 나무를 심을 수 없게 되었으니 부디 저를 대신해 그 약속을 지켜주셨으면 합니다...... 이제 여러분과 헤어질 때가 왔습니다. 부디 제 부탁을 잊지 말아 주세요. 저는 따님을 대신해 죽는 것이 기쁩니다."

오소데의 장례를 마친 후, 츠유의 부모는 좋은 벚나무 묘목 한 그루를 사이호지 경내에 심었다. 묘목은 가지와 잎이 무성하게 자라나, 다음해 2월 16일 오소데가 죽은 날에 멋진 꽃을 피웠다. 그로부터 250년 동안 매년 2월 16일이 되면, 그 나무에 꽃이 피었다. 분홍 꽃잎은 마치 젖이 풍부한 여자의 젖가슴과 닮아 있었다. 그래서 사람들은 이 나무를 '유모 벚나무'라고 불렀다.

RIKI-BAKA

바보 리키

바보 리키

그 남자의 이름은 리키(力)라고 했다. 리키는 '힘'
이라는 뜻이다. 하지만 세간 사람들은 그 남자를 '바
보 리키'라고 불렀다. 그가 영원한 아이로 태어났기
때문이다. 같은 이유로 사람들은 모두 리키를 좋아
했다. 혹여 리키가 모기장에 성냥을 그어 집 한 채를
태우고는 그 불을 보면서 손뼉을 치며 기뻐할 때조
차도.

열여섯 살이 된 리키는 키도 크고 건장한 청년이 되었지만, 그의 지능은 철없는 두 살 정도에 멈춰 있었기 때문에 아주 작은 아이들 하고만 놀았다. 네 살에서 일곱 살 정도로 조금 큰 아이들은 리키가 자기들이 부르는 창가나 놀이를 외우지 못한다는 이유로 같이 놀아 주지 않았다.

리키가 가장 좋아하는 장난감은 대나무로 만든 빗자루였다. 빗자루를 말처럼 타고 큰 소리로 웃으면서 우리 집 앞의 작은 언덕을 오르내렸다. 그런데 리키가 계속 시끄럽게 하자 결국에는 사람들에게 방해거리가 되었다. 나는 리키에게 다른 곳으로 가서 놀라고 할 수밖에 없었다. 리키는 순순히 인사를 하고 힘 없이 터벅터벅 빗자루를 끌고 어디론가 가 버렸다.

리키는 평소에는 얌전한 아이였고, 불장난을 할 틈을 주지 않는다면 결코 나쁜 행동을 하지 않는 아이였기 때문에 누군가에게 불평을 듣는 일은 거의 없었다. 리키가 우리 마을에서 사람들과 일상적으로 맺는 관계는 개와 닭이랑 큰 차이가 없었기 때문에 리키가 더 이상 보이지 않게 되었을 때도 우리는 특별히 아무런 느낌도 없었다.

그로부터 꽤 많은 시간이 흐른 어느 날, 문득 리키가 떠올랐다.

"리키는 어떻게 됐나요?"

나는 단골 장작 나무 가게 영감님에게 물어봤다. 영감님이 장작을 옮기는 일을 리키가 자주 도와준 것이 생각났기 때문이다.

"바보 리키 말씀이신가요?"

영감님은 답했다.

"그 아이는 불쌍하게도 죽었습니다...... 네, 벌써 1년이나 지났네요. 그것이 갑작스럽게 병에 걸려 죽었어요. 의원이 말하기를 뇌에 병이 생긴 거라고 하셨는데…… 실은 리키에 관한 신기한 이야기가 있어요."

"리키가 죽었을 바로 그 무렵이었어요. 리키 엄마가 리키의 왼쪽 손바닥에 '바보 리키'라고, 한자로 '리키(力)'라는 글자와 히라가나로 '바보(ばか)'라는 글자를 써 줬다고 해요. 그리고 엄마는 부처님께 기도를 올렸다고 해요. 그러니까 리키가 다시 태어났을 때는 행복한 집안에서 태어나게 해달라고 빌었다고 합니다."

"그 후 세 달 정도 지났을 무렵, 고지마치(麴町)에 있는 어느 무사 집안에서 아이가 한 명 태어났어요. 그런데 그 아이의 왼쪽 손바닥에 어떤 글자가 쓰여 있었던 겁니다. 그 글자는 바로 '바보 리키'라고 뚜렷이 읽을 수 있었다고 해요."

"그러자 그 집안에서는 이것은 분명 누군가가 기도를 한 것이 틀림없다, 그래서 이런 아이가 태어났다고 해서 사방에 사람을 풀어 수소문하는 소란이 있었어요. 그때 야채를 파는 보부상이 우시고메(牛込)에 바보 리키라고 하는 아이가 있었는데 그 아이가 작년 가을에 죽었다고 말하니, 그 집안사람들은 바로 거기라면서 하인 둘을 보내 리키의 엄마를 찾는다고 다시 소란을 피웠지요."

"수소문 끝에 하인들이 리키의 엄마가 사는 집을 찾아내서 자초지종을 이야기하자 엄마는 매우 기뻐했다고 합니다. 어쨌든 그 집안은 신분이 높았거

든요…… 그런데 하인들이 말하기를, 그 집안에서는 태어난 아기 도련님의 손바닥에 '바보'라는 글자가 쓰여 있어서 굉장히 화가 나 있다고요. 리키의 묘지가 어디에 있는지 묻자 묘지는 젠도지(善導寺)에 있다고 리키 엄마가 답하자, 그렇다면 매우 송구하지만 묘비의 돌을 조금만 쪼개달라고 했다고 합니다."

"그래서 리키 엄마는 곧장 젠도지로 하인들을 데려가서 리키의 묘지를 보여주고, 하인들은 묘비 조각을 받아 그것을 보자기에 소중히 싸서 가져갔다고 합니다…… 그때 리키의 엄마는 10원 정도의 돈을 받았다고 합니다."

"그런데 그 돌조각으로 대관절 무엇을 하는 건가요?"

나는 영감님께 물었다.

"그러게 말입니다."라며 영감님은 답했다.

"어쨌든 아무리 그래도 아기 도련님 손바닥에 그런 글씨를 남겨둔 채 키울 수는 없었던 거죠. 예로부터 태어난 아이의 몸에 글자가 새겨져 있으면, 그 글자를 지우기 위해서 그 아이의 전생이었던 사람이 묻혀있는 묘비 조각으로 피부를 문지르는 것 말고는 다른 방법이 없다고 합니다."

KOTTO

董骨

THE
LEGEND
OF
YUREI-
DAKI

유령 폭포의 전설

유령 폭포의 전설

호우키(伯耆, 지금의 돗토리현 서부) 지방의 구로사카(黒坂) 마을 인근에 '유령 폭포'라고 불리는 폭포가 있다. 왜 그 폭포가 유령 폭포라고 불리는지는 모른다. 폭포수 웅덩이 한쪽에는 조상신을 모시는 작은 사당이 있는데, 마을 사람들은 이를 '폭포대명신'이라고 불렀다. 사당 앞에는 나무로 만든 작은 새전함*이 놓여 있는데, 이 새전함에 얽힌 이야기가 하

*신사(神社)나 절의 건물 앞에 두고, 참배인의 새전을 받는 상자.

나 있다.

* * *

　지금으로부터 35년 전의 일이다. 어느 추운 겨울
밤, 구로사카 마을에 있는 어느 삼베 작업장에서 일
하는 여자들이 하루 일을 마치고 방에 있는 큰 화로
주위에 둘러앉아 한창 유령 이야기를 하고 있었다.
유령 이야기가 열 개 정도 나왔을 무렵, 여자들은 소
름이 돋으며 점점 무서움을 느끼기 시작했다. 그때
한 여자가 오싹오싹한 공포의 쾌감을 더욱 고조시
키려는 듯 불쑥 말을 꺼냈다.

　"이봐, 오늘 밤에 혼자서 유령 폭포에 가 보는 건
어때?"

　그 자리에 있던 여자들은 소리를 지르며 상기된
목소리로 웃어댔다.

　"그러면 나는 오늘 짠 베를 전부 그 사람한테 줄

거야!"

한 여자가 장난스럽게 말했다.

"내 것도 줄게!"

옆에 있던 다른 여자가 말했다.

"내 것도!"

세 번째 여자가 말했다.

"모두 찬성!"

네 번째 여자가 이번에는 장담하듯 말했다.

그러자 목수의 아내인 야스모토 오카쓰가 자리에서 벌떡 일어났다. 오카쓰는 하나 뿐인 두 살배기 아들을 따뜻하게 포대기에 업어 재우고 있었다. 오카쓰가 말했다.

"잠시만요. 정말로 여러분이 오늘 짠 베를 전부 준다면, 제가 지금부터 유령 폭포에 다녀올게요."

오카쓰의 이 말은 다른 여자들의 놀라움과 비웃음을 샀다. 하지만 오카쓰가 반복해서 본인이 가겠다고 말하자 결국 모두 진심으로 받아들였다. 여자들은 서로서로 오카쓰가 정말로 유령 폭포에 간다면 오늘 베를 짜서 받은 일당을 전부 오카쓰에게 주겠다고 했다.

"그렇지만 말이야, 오카쓰가 정말로 유령 폭포에 갔는지 우리들이 어떻게 확인하지?"

라고, 누군가가 새된 목소리로 물었다.

"그렇지. 그러면 이렇게 하지. 거기에 있는 새전함을 가져오게 하는 건 어떤가? 그게 증거가 되지 않겠나?"

이렇게 말한 이는 평소 '할머니'로 불리는 노파였다.

"좋아요. 가져오겠어요!"

오카쓰는 큰 소리로 외치고, 자고 있는 아이를 업은 채 밖으로 달려 나갔다.

그날 밤은 서리가 짙게 깔려 있었지만 하늘은 맑았다. 오카쓰는 아무도 없는 길을 터벅터벅 걸어갔다. 매서운 추위에 모든 집들이 문을 굳게 닫고 있었다. 마을을 벗어난 오카쓰는 철벅철벅 길을 내달렸다. 길 양쪽의 얼어붙은 논은 적막하기만 했다. 별빛만이 어렴풋이 오카쓰를 비추고 있을 뿐이었다.

넓고 넓은 논 길을 30분 정도 걸어가자 길은 곧 절벽 아래 좁은 길로 들어섰다. 오솔길은 점점 울퉁불퉁 험난한 돌길로 이어졌고, 어둠은 더욱 짙어졌다. 하지만 다행히도 오카쓰가 잘 알고 있는 길이었다. 그 길을 지나면 머지않아 '촤악'하고 폭포수 떨어지는 소리가 들려올 것이다. 그리고 조금만 더 가면 길은 넓은 계곡으로 이어진다. 점점 가까이 다가가자 멀리서 들려오던 폭포 소리는 요란하게 귀를 울렸다. 눈앞에 펼쳐진 어둠 속에서도 어렴풋이 폭포수의 흰 물줄기가 보였다. 사당도 어렴풋이 보이

고, 새전함도 흐릿하게 보였다. 오카쓰는 재빨리 달려가 손을 뻗었다.

"이봐, 오카쓰!"

갑자기 고동치며 떨어지는 폭포 소리 속에서 경고하는 듯한 소리가 들렸다. 오카쓰는 공포에 질려 자신도 모르게 그 자리에 얼어붙었다.

"이봐, 오카쓰!!"

다시 한번 천둥 같은 목소리가 울렸다. 이번에는 한 층 더 위협적이고 분노 섞인 목소리였다. 하지만 오카쓰는 매우 용감함 여자였다. 금세 정신을 차리고 새전함을 재빠르게 쥐고 내달렸다.

위협적인 목소리는 더 이상 들려오지 않았고, 정체를 드러내지도 않았다. 오카쓰는 큰 길로 나와서야 간신히 걸음을 멈추고 안도의 한숨을 내쉬었다. 그리고 차분한 걸음으로 철벅철벅 갈 길을 재촉했다. 구로사카 마을에 돌아온 오카쓰는 작업장으로 가서 문을 힘껏 두드렸다.

오카쓰가 가쁜 숨을 내쉬며 한 손에 새전함을 들고 들어오자 방에 있던 여자들은 깜짝 놀라 소리를 질러댔다. 여자들은 잠시 숨을 죽이고 오카쓰의 이야기를 들었다. 그리고 유령 폭포 안에서 누군가가

두 번이나 자신의 이름을 불렀다고 오카쓰가 말하자, 여자들은 진심으로 동정하며 놀라워했다.

"우와, 정말 대단해! 정말 오카쓰는 용감해!! 삼베를 다 받을 만해!"

그때 할머니가 말했다.

"오카쓰, 자네 아이가 꽤 추웠을 텐데...... 자, 어서 화로 옆으로 데려오게."

"네, 이제 배가 고플 때네요. 바로 젖을 줘야겠어요."

"아이구, 이런 안쓰러워라..."

노파는 오카쓰가 포대기를 푸는 것을 도와주다,

"이보게 자네, 대체 어떻게 된거야? 등이 흠뻑 젖어 있어!"

갑자기 노파가 쉰 목소리로 비명을 질렀다.

"저기...... 피!"

풀어 놓은 포대기 속에서 피투성이가 된 아이의
옷이 바닥으로 떨어졌다. 두 개의 작은 손과 발이 옷
밖으로 삐죽 튀어나와 있을 뿐이었다.

아이의 머리는 잘려나가고 없었다.

IN
A CUP
OF
TEA

찻잔 속

찻잔 속

여러분은 지금까지 어디든 상관없지만, 오래된 탑이나 혹은 다른 어딘가에서, 암흑 속에 우뚝 솟아 있는 계단을 오르려고 할 때 그 어둠 속 여기저기 거미집 투성이인 막다른 곳에 홀로 서 있는 경험을 해 본 적이 있는가. 혹은 낭떠러지를 따라 이어진 바닷길을 걷다가 한 걸음만 더 나아가면 바로 절벽인 그런 곳에 느닷없이 마주한 경험이 있는가. 이러한 경험의 감정적 가치는 문학적인 견지에서 본다면 그때 느끼는 감각의 강렬함과 기억의 선명함에 따라 결정된다.

일본의 오래된 이야기 책 중에 신기하게도 이와 비슷한 감정적 경험을 느끼게 하는 소설 일부가 남아 있다. 아마도 이 작품은 작가가 귀찮아서 그랬는지 아니면 출판사와 싸우기라도 한 것인지, 혹은 갑자기 글을 쓰다 사라져 다시 돌아오지 않은 것인지, 아니면 글을 쓰던 중에 불의의 죽음으로 더 이상 쓸 수 없게 되었을 것이다. 어쨌든 왜 미완성인 채로 남아 있는지 그 이유는 아무도 알 수 없다. 나는 그 중 대표적인 작품을 하나 골라 보았다.

***

텐와(天和) 3년(1683년) 1월 4일, 지금으로부터 220여 년 전의 일이다. 나카가와 사도모리라는 다이묘가 시중들과 함께 연초 회례에 가던 중, 에도의 혼고 하쿠산 근처에 있는 어느 찻집에 들렀다. 찻집에서 다함께 잠시 쉬고 있는데, 사도의 가신 중 세키나이 라는 젊은 무사가 매우 목이 말라 커다란 찻잔을 들 어 직접 물을 떴다. 물을 마시려고 잔을 들어 그 안 을 들여다 보니, 다른 사람의 얼굴이 나타났다. 세키 나이는 깜짝 놀라 주위를 둘러 봤지만 아무도 없었 다.

찻잔에 나타난 얼굴은 머리 모양으로 보아 젊은 무사 같아 보였다. 신기하게도 얼굴이 매우 뚜렷이 비췄는데 꽤 미남이었다. 얼굴 모양은 여자처럼 부 드러웠고, 두 눈과 입술이 움직이고 있어 마치 살아 있는 사람 같았다. 수상한 사람이 나타나 당황한 세 키나이는 물을 버리고 찻잔 속을 다시 들여다 보았 다. 찻잔은 특별히 정성들여 새긴 문양이 있는 것도 아닌 값싼 물건이었다.

세키나이는 다른 찻잔을 집어 다시 물을 떴다. 그
런데 그 물 안에서도 조금 전에 보였던 얼굴이 다시
나타났다. 그래서 이번에는 물을 새로 받아 오게 해
서 그 물을 찻잔에 따랐다. 처음 본 수상한 얼굴은

새로 떠온 물에서도 나타났다. 심지어 이번에는 조롱하는 듯이 웃고 있었다. 세키나이는 놀라지 않고 가만히 참고 있었다.

'누군지는 모르겠지만, 더는 현혹되지는 않겠어.'

세키나이는 속으로 중얼거린 후, 차를 얼굴까지 전부 들이키고 밖으로 나갔다. 왠지 유령을 마셔버린 것 같은 기분이 들었다.

같은 날 초저녁, 세키나이가 나카가와 저택의 초소에서 대기하고 있을 때였다. 그는 갑자기 처음 본 손님 한 명이 소리도 없이 방 안으로 들어오는 것을 보고 깜짝 놀랐다. 그 사람은 멋진 옷차림을 한 젊은 무사였다. 그는 세키나이 앞에 털썩 주저 앉더니 가볍게 목례를 하고 이렇게 말했다.

"저는 시키부 헤이나이라고 합니다만, 당신을 오늘 처음 뵈었습니다. 당신은 저를 본 기억이 없으신

가요?"

목소리는 매우 낮았지만 어딘가 사무치는 듯 날이 서 있었다. 세키나이는 문득 그 얼굴을 보고 깜짝 놀랐다. 앞에 있는 사람은 오늘 찻잔 속에서 보고 마셔버린 불길하게 아름다운 얼굴을 한 유령이었던 것이다. 그 유령이 히죽히죽 웃고 있었던 것처럼 지금 이 사람도 히죽히죽 웃고 있었다. 그런데 웃고 있는 입술 위의 두 눈은 미동도 없이 도전하듯 세키나이를 뚫어지게 쳐다보고 있었다. 세키나이는 굴욕적이기까지 했다.

"나는 전혀 본 기억이 없소."

세키나이는 차분하면서도 노기 띤 어조로 답했다.

"그건 그렇고, 당신이 어떻게 이 집 안으로 들어왔는지 말하시오."

(봉건시대에는 다이묘의 저택은 밤낮으로 경비

가 삼엄했기 때문에 경호에 큰 태만이 없지 않는 한 안내도 없이 저택 안에 몰래 들어 올 수 없었다.)

"저를 본 적이 없으시다고요?"

그는 세키나이 쪽으로 바싹 다가오면서 비웃는 말투로 다시 말했다.

"저를 본 적이 없으시다고요? 그런데 당신, 오늘 아침에 나에게 가혹한 위해를 가하지 않았나요……?"

세키나이는 차고 있던 단도를 꺼내들어 그 남자의 목을 겨누었다. 그런데 칼끝에서는 아무런 느낌도 나지 않았다. 그 순간, 침입자는 소리도 없이 벽쪽으로 물러서더니 벽을 통과해 나가 버렸다. 벽에는 남자가 빠져 나간 흔적이 전혀 남아 있지 않았다. 남자는 마치 촛불 불빛이 종이를 통과하듯 벽을 빠져나갔다.

세키나이가 이 일을 보고하자 동료들은 놀라며

당혹스러워했다. 그 일이 있었던 시간에 저택에 오간 사람은 아무도 없었기 때문이다. 또한 나카가와의 가신 중에 시키부 헤이나이라는 이름을 아는 사람은 아무도 없었다.

이튿날 밤, 세키나이는 마침 비번이라 부모님과 함께 집에 있었다. 그런데 밤이 깊은 시간에 누군가 손님이 찾아와 만나서 이야기를 하고 싶다고 했다. 세키나이가 칼을 들고 현관으로 나가보니 무사로 보이는 칼을 찬 남자 세 명이 현관 마루에 서 있었다. 세 남자는 현관에서 정중하게 인사를 하고, 그중 한 명이 말을 꺼냈다.

"우리들은 마츠오카 분고, 쓰치바시 규조, 오카우라 헤이로쿠라고 합니다. 시키부 헤이나이 님의 가신들입니다. 지난 밤 저희 주군이 당신을 찾아 갔을 때, 당신은 칼로 주군을 베었습니다. 주군은 상처가 깊어 치료를 위해 온천으로 가십니다. 다음달 16일에는 다시 돌아오실 예정입니다. 그때 돌아와서 이 한을 반드시 풀겠습니다.”

세키나이는 더 이상 들을 것도 없다는 듯이 칼을 꺼내 들어 남자들을 향해 마구 휘둘렀다. 그러자 세 남자는 옆 집 담장 옆으로 날아가 그림자처럼 담장을 뛰어 넘어 그대로……

* * *

이 이야기는 여기서 끝이 났다. 이어지는 이야기는 누군가의 머리 속에 남아 있었겠지만, 결국 지난 백 년 동안 사라져 버렸다.

나는 그럴듯한 결말을 몇 가지 상상할 수 있지만, 아무래도 독자들을 만족시킬 수 있는 내용은 하나도 없다. 나는 오히려 세키나이가 유령을 마셔버린 후에 어떻게 되었는지 독자 스스로의 상상에 맡기는 것이 좋겠다고 생각했다.

THE
STORY
OF
O-KAME

오카메 이야기

오카메 이야기

도사(土佐, 지금의 고치현의 일부) 지방의 나고(名越)에
사는 부자 곤에몬의 딸 오카메는 남편 하치에몬을
매우 사랑했다. 오카메는 스물두 살, 하치에몬은 스
물다섯 살이었다. 마을 사람들은 남편을 너무나 사
랑하는 오카메는 질투심이 많은 여자일 것이라고
생각했다. 하지만 하치에몬은 질투를 살 만한 행동
을 애초에 하지 않는 남자였다. 부부는 지금까지 단

한 번도 서로에게 싫은 소리를 한 적이 없었다.

그런데 불행히도 오카메는 몸이 약했다. 결혼한 지 2년도 채 지나지 않았을 무렵, 오카메는 도사 지방에서 유행했던 전염병에 걸렸다. 그런데 결국 그 지역의 명의도 두 손을 놓을 수 밖에 없는 상태가 되었다. 전염병에 걸린 사람은 음식을 먹을 수도, 물을 마실 수도 없었다. 몸은 나른해져 자꾸 졸리고, 악몽에 시달릴 뿐이었다. 오카메는 밤낮으로 극진히 간호를 받았지만 나날이 쇠약해져 갔다. 자신은 결국 더 이상 살 수 없을 것이라고 직감한 오카메는 남편을 불러 말했다.

"제가 이렇게 병에 걸려있는 동안 당신이 얼마나 저를 극진히 보살펴 주셨는지 말로 다 할 수 없습니다. 당신 같은 분은 어디에도 없을 거예요. 그만큼 당신과 헤어지는 것이 너무도 괴롭습니다. 생각해 보면 저는 아직 스물다섯 살도 안 됐고, 당신은 세상에서 제일가는 남편입니다. 그런데 저는 곧 죽어갑니다...... 아니요, 아니에요. 그런 위로의 말씀도 소용없어요. 의원도 더 이상 손을 놓았는걸요...... 저는 적어도 두세 달은 살고 싶었어요. 그런데 오늘 아침에 거울을 보니, 드디어 오늘...... 그렇습니다. 오늘입니다. 오늘 저는 죽을 거예요. 그래서 당신께 긴히 드릴 부탁이 있습니다. 당신, 저를 편히 저세상으로 보내주고 싶으시다면......"

"그래, 괜찮으니 말을 해 보게."

하치에몬은 말했다.

"내가 할 수 있는 것이라면 기꺼이 무엇이든 하겠네."

"하지만 아마도 당신에게 기쁜 일은 아닐 거예요."

오카메는 말을 이어갔다.

"아직 젊은 당신에게 이런 부탁을 하는 것은 정말 무리라고 생각해요. 하지만 이 부탁은 제 가슴 속에서 불꽃처럼 타오르고 있어요. 저는 죽기 전에 어떻게든 이 말씀을 드려야 마음이 편해질 것 같아요. 제가 죽거든 집안에서는 조만간 당신에게 다른 여자와 결혼을 하라고 할 거예요. 부디 약속해 주세요. 다른 여자와 결혼하지 않겠다고...... 당신, 약속해 주실거죠?"

"그 정도쯤이야!"

하치에몬이 답했다.

"당신 부탁이라는 것이 그거였나? 그런 것이라면 별로 대수롭지 않군. 좋아, 약속하지! 나는 당신 말고는 그 누구와도 결혼하지 않겠어."

"아아, 기뻐라."

오카메는 자리에서 몸 절반을 일으키면서 외쳤다.

"그렇게 말씀해 주시니 너무 기뻐요."

그렇게 말하고 쓰러진 오카메는 그대로 숨을 거두었다.

오카메가 죽고 난 후 하치에몬은 어딘가 모르게 몸이 쇠약해져 갔다. 처음에는 하치에몬의 상태가 달라진 이유는 부인을 잃은 슬픔 때문이라고 생각했다. 마을 사람들도 하치에몬이 워낙 부인을 사랑해서 그러는 것이라고 생각했다. 그런데 시간이 지날수록 낯빛이 점점 창백해지고 몸도 무기력해지면서, 뼈와 가죽만 남은 유령처럼 야위어 갔다.

그러자 마을 사람들 사이에서는 그 젊은이가 갑자기 쇠약해진 것은 부인을 잃은 슬픔 때문만은 아닐 것이라는 소문이 돌기 시작했다. 의원도 지금 상태로는 딱히 진단할 수는 없지만, 하치에몬의 병은 일반적인 병이 아니라 매우 심각한 정신적 고통에서 오는 병으로 보인다고 했다.

하치에몬의 부모는 걱정되어 아들에게 직접 물어 봤지만 이렇다 할 답을 얻지는 못했다. 하치에몬은 부모님이 아는 것 말고는 다른 슬픈 일은 없다고 말했다. 그러자 부모는 아들에게 재혼할 것을 제안했다. 하지만 하치에몬은 죽은 사람과의 약속은 무슨 일이 있어도 지켜야 한다며 완강하게 거절했다.

그 후로도 하치에몬의 건강은 나날이 눈에 띄게 나빠졌다. 집안 사람들도 이대로 가다가는 곧 큰일을 치르게 될 것이라며 포기한 상태였다. 그러던 어느 날, 이전부터 아들이 마음 속에 무언가를 숨기고 있다고 생각한 하치에몬의 어머니는 아들에게 부디 병의 진짜 이유를 말해 달라고 눈물로 애원했다. 하치에몬도 어머니의 절실한 부탁을 더 이상 거절하지 못하고 결국 말을 꺼냈다.

"어머니, 누구에게도 이런 말을 하기가 정말로

힘듭니다. 제가 숨김없이 모두 이야기한들 믿기지 않으실 겁니다...... 실은 오카메가 아직 성불하지 못하고 있습니다. 아무리 공양을 올려도 전혀 이 세상을 떠나지 못하고 있어요. 제가 따라 죽지 않는 한 이승을 떠나지 않을 것 같아요. 오카메는 매일 밤 이곳으로 돌아와 제 옆에서 잠을 자고 있습니다. 장례를 치른 날부터 계속 매일 밤 돌아오고 있어요. 저도 가끔은 오카메가 정말 죽은 것이 맞는지 의심스러울 때도 있어요. 무엇보다 얼굴과 그 모습이 살아 있을 때와 똑같아요...... 그런데 말을 하면 목소리가 아주 작아요. 오카메는 저에게 자신이 여기로 다시 오는 것을 아무에게도 말하지 말아 달라고 했어요. 아마도 제가 따라 죽기를 원하는 것 같아요. 저도 이렇게 혼자가 되고 보니 더는 살고 싶지가 않습니다. 하지만 '신체발부 수지부모'이니 부모님께는 효도를 다해야 하지요. 이렇게 어머님께 있는 그대로 말씀드리는 것은 조금이라도 효도가 될까 해서입니다...... 그렇습니다, 오카메는 매일 밤 제가 잠들기 시작하면 반드시 찾아옵니다. 그리고 새벽까지 머물다가 절에서 종소리가 들려오면 그제야 어디론가 다시 사라집니다."

하치에몬의 어머니는 아들의 말을 듣고 매우 놀랐다. 그리고 바로 절을 찾아가 주지스님에게 아들이 이야기한 내용을 모두 전하고, 제발 도와 달라고 간청했다. 많은 일을 겪어 온 나이가 많은 주지스님은 이 이야기를 듣고 놀라는 기색도 없이 하치에몬의 어머니에게 말했다.

"이런 일은 드문 일이 아닙니다. 아드님은 제가 도와드릴 수 있을 것 같습니다. 소승이 보기에는 아드님의 얼굴에 사색이 드리워져 있습니다. 지금이 고비입니다. 다시 한번 오카메 부인이 찾아온다면 그것으로 끝입니다. 두 번 다시 아드님을 만날 수 없게 될 것입니다. 어쨌든 제가 할 수 있는 일은 다 해보겠습니다. 다만, 아드님께 이번 일을 절대로 말해서는 안 됩니다. 그리고 조금 번거로우시겠지만, 급히 집안 사람들을 불러 당장 절로 모이도록 해주십시오. 아드님을 위해서 오카메 부인의 묘를 파야 합니다."

친척들은 모두 절에 모였다. 스님은 모두에게 오카메의 파묘를 허락받은 후 그들을 묘지로 안내했다. 스님의 지시로 오카메의 묘비를 들어 올리고, 그 아래에 안치된 관을 들어 올렸다. 관 뚜껑이 열리자 사람들은 놀라 비명을 질렀다. 오카메의 시신은 병에 걸리기 전과 같이 아름다운 얼굴로 미소를 지으며 관 안에 앉아 있는 것이었다. 시신 어디에서도 죽음의 흔적을 찾아볼 수 없었다. 스님이 오카메의 시

신을 관에서 꺼내라고 지시하자 지금까지의 놀라
움은 공포로 변했다. 오랫동안 땅속에서 앉아 있었
던 오카메의 시신을 손으로 만져보니, 마치 피가 통
하는 것처럼 따뜻하고 살아있는 것처럼 부드러웠기
때문이다.

스님은 시신을 본당으로 옮겨 붓을 들고 오카메의 시신 이마와 손발에 귀한 공덕의 범자(梵字)*를 새겼다. 그리고 시신을 다시 땅속에 묻기 전에 오카메의 망령을 위로하는 법회를 열었다.

오카메는 그 뒤로 다시는 남편을 찾아오지 않았다. 하치에몬은 점점 예전처럼 건강을 회복했다. 하지만 그 후 하치에몬이 오카메와 맺은 약속을 끝까지 지켰는지에 대해서 일본의 작가는 아무런 언급도 하지 않았다.

*불경을 쓰는 문자.

STORY OF A FLY

파리 이야기

파리 이야기

지금으로부터 200여 년 전의 일이다. 교토에 가자리야 큐베에라는 상인이 있었다. 그의 상점은 시마바라도에서 남쪽으로 조금 들어간 테라마치도오리에 있었다. 큐베에는 타마라는 이름의 하녀를 한 명 고용했는데, 그녀는 와카사(若狹, 지금의 후쿠이현 서부) 지역 출신이었다.

큐베에 부부는 평소 타마에게 친절하게 대했고,

타마도 그런 주인 부부를 잘 따랐다. 타마는 또래들처럼 평소 예쁜 옷을 즐겨 입지 않고, 옷이 몇 벌이나 생겨도 휴가를 받아 외출할 때는 일할 때 입는 옷을 그대로 입고 나가는 그런 여자였다. 타마가 큐베에의 상점으로 일하러 온 지 5년 정도 되었을 무렵, 큐베에는 타마에게 어째서 평소 옷차림을 정갈하게 하지 않는지 물었다. 타마는 큐베에의 불평 섞인 질문에 얼굴을 붉히며 정중하게 대답했다.

"저는 부모님이 돌아가셨을 때 아직 아이였습니다. 그런데 공교롭게도 다른 형제가 없어서 부모님의 제사를 지내는 일은 저의 몫이 되었습니다. 그때는 부모님의 제사를 지낼 수 있는 돈이 없었습니다. 그래서 장차 돈을 벌 수 있을 때가 오면, 그때는 위패를 만들어 죠라쿠지(常楽寺)라는 절에 부모님을 모시고 공양을 올리겠다고 마음먹었습니다. 그래서 어떻게든 결심을 이루기 위해 이곳에서 일하며 열심히 돈과 옷을 아꼈습니다. 너무 꾸미지 않아 사람들 눈에 거슬릴 정도였으니, 제가 너무 인색했나 봅니다. 정말 죄송합니다. 하지만 덕분에 지금 말씀드린 목표한 은 백 돈을 다 모았습니다. 앞으로는 몸단장도 잘 하겠습니다. 지금까지 신경 쓰지 못해서 죄송합니다. 용서해 주십시오."

큐베에는 타마의 진솔한 말에 감명을 받고, 앞으로 원하는 대로 하라며 따뜻한 말로 그녀의 효심을 칭찬했다. 이런 대화를 나눈 후 얼마 지나지 않아 타마는 부모님의 위패를 죠라쿠지에 모시고 법회를 열 수 있었다. 모은 돈의 7할을 여기에 썼고, 나머지 3할은 큐베에 부인에게 맡겨두었다.

그런데 다음 해 초겨울, 타마는 갑자기 병에 걸려 앓다가 겐로쿠(元禄)15년(1702) 정월 11일에 세상을 떠나고 말았다. 큐베에 부부는 타마의 죽음을 매우 슬퍼했다.

타마가 죽고 열흘 정도 지난 어느 날, 큐베에의 집에 커다란 파리 한 마리가 날아들어 큐베에의 머리 위를 시끄럽게 날아다녔다. 큐베에는 깜짝 놀랐다. 파리는 추울 때는 잘 나오지 않는 데다가 이렇게 커다란 파리는 어지간히 날이 따뜻하지 않고서는 나오지 않기 때문이다. 그런데 파리가 끈질기게 머리 위를 시끄럽게 날아다니자 마음씨 좋은 큐베에는 그 파리를 다치지 않게 살짝 집어서 앞마당에 놓아주었다. 그런데 파리는 곧바로 집 안으로 다시 들어왔다. 큐베에는 다시 잡아서 밖에 놓아주었다. 파리는 또다시 들어왔다. 큐베에의 부인은 그 모습을 이상하게 여기며 남편에게 말했다.

"어쩌면 타마가 온 게 아닐까요?"(죽은 인간이 아귀도에 빠지면, 벌레의 모습으로 이승으로 돌아오기도 한다.)

큐베에는 웃으면서,

"그렇다면 이 파리에 표시를 하면 알 수 있겠지."

그렇게 말한 후 파리를 잡아 날개 끝을 가위로 살짝 잘라서 이번에는 집에서 멀리 떨어진 곳으로 데려가 놓아주었다. 다음날 파리는 다시 돌아왔다. 파리가 몇 번이나 되돌아오는 것이 어떤 영적인 의미가 있는지 큐베에는 아직 납득할 수 없었다. 그래서 한 번 더 파리를 잡아 이번에는 날개와 몸에 붉은 칠을 한 후 어제보다 더 먼 곳으로 데려가 놓아주었다. 그런데 이틀 후에 파리는 몸에 붉은 칠을 한 채 다시 돌아왔다. 큐베에도 더 이상 의심하지 않았다.

"이 파리는 타마가 분명해. 무언가 원하는 것이 있는 거야. 원하는 것이 뭘까?"

큐베에가 말하자, 부인이 답했다.

"제가 타마가 맡긴 나머지 돈을 갖고 있어요. 아무래도 그 아이는 자신의 공양을 위해 그 돈을 절에 시주해 주길 원하는 것이 아닐까요? 타마는 평소에 늘 자신의 내세를 걱정했거든요."

부인이 그렇게 말하자, 파리는 앉아있던 장지문에서 아래로 툭 떨어졌다. 큐베에가 주워서 보니 파리는 죽어 있었다.

부부는 그길로 절에 가서 타마의 돈을 시주했다. 죽은 파리도 작은 상자에 넣어 함께 절로 가져갔다. 주지 스님인 지쿠 대사는 파리 이야기를 듣고, 큐베에 부부에게 좋은 일을 했다며 크게 칭찬했다. 스님은 타마의 영혼을 위해 시아귀 법회를 열었고, 죽은 파리를 위해 법화경 8권을 읊었다. 그리고 죽은 파리를 넣은 상자는 절 경내에 묻고, 그 위에 어울리는 글귀를 쓴 나무 탑을 하나 세워 놓았다.

STORY OF A PHEASANT

꿩 이야기

꿩 이야기

옛날 옛적에 비슈(尾州, 지금의 아이치현 서부) 지방의
도야마(遠山) 마을에 젊은 농부 부부가 살고 있었다.
집은 인적 없는 깊은 산속에 있었다.

어느 날, 부인은 수년 전에 돌아가신 시아버지가
나타나는 꿈을 꿨다. 시아버지는 "내일 내가 위험에
처하게 되는데, 할 수 있다면 살려다오!"라고 꿈에
서 말했다.

　아침이 되자, 부인은 남편에게 꿈 이야기를 했다. 부부는 꿈에 대해 서로 이야기를 나누며 죽은 아버지가 무엇을 해 달라는 것인지 생각해 봤지만, 도저히 그 의미를 알 수 없었다.

아침 식사를 마치고 남편은 밭으로 일하러 나가고, 부인은 집에서 베를 짜고 있었다. 잠시 후, 집 앞 마당 쪽에서 사람 소리가 떠들썩하게 들려와서 부인은 놀라 문을 열고 밖으로 나가 보았다. 그런데 지역 영주가 수렵꾼들을 데리고 이쪽으로 오고 있었다. 그 모습을 서서 바라보고 있는데, 꿩 한 마리가 부인의 겨드랑이를 파고들면서 집 안으로 날아 들어갔다. 부인은 문득 어젯밤 꿈이 생각났다.

'어쩌면 이 꿩이 아버님일까?'

부인은 속으로 생각했다.

'그래, 꼭 살려드리자!'

부인은 서둘러 꿩을 따라 집 안으로 들어갔다. 아름다운 수컷 꿩이었다. 부인은 꿩을 쉽게 잡아서 비어 있는 쌀뒤주 안에 넣고 뚜껑을 닫았다.

잠시 후 영주의 무리 중 몇 명이 찾아와서 부인에게 꿩 한 마리를 보았는지 물었다. 부인이 못 봤다고 시치미를 떼자, 수렵꾼 한 명이 여기로 날아들어 가는 것을 봤다고 했다. 그러자 일행은 여기저기 집 안 구석구석을 뒤지기 시작했지만, 아무도 쌀뒤주 를 들여다볼 생각은 하지 않았다. 아무리 뒤져도 꿩 이 나오지 않자 일행은 어딘가 구멍으로 빠져나갔 을 것이라며 포기하고 밖으로 나갔다.

남편이 돌아오자, 부인은 쌀뒤주에 숨겨준 꿩 이 야기를 했다.

"제가 잡아도 반항하지 않고, 얌전히 쌀뒤주 안 으로 들어가더라고요. 저 꿩은 아버님이 분명해요."

남편은 쌀뒤주로 가서 뚜껑을 열고 그 안에서 꿩 을 잡아 올렸다. 꿩은 마치 익숙한 듯이 손 위에 얌 전히 앉아서 남편의 얼굴을 가만히 올려다봤다. 꿩 은 한 쪽 눈이 보이지 않았다.

"아버지는 오른쪽 눈이 보이지 않았어. 이 꿩도

오른쪽 눈이 멀어 있어. 아버지가 분명한 것 같아. 보라고, 아버지의 평소 눈빛으로 나를 보고 있어. 가엽지만, 아버지는 분명 이렇게 생각하고 계실 거야. '내가 지금은 새가 되었지만, 수렵꾼 손에 잡히느니 차라리 내 아들에게 잡아먹히는 편이 낫지……'라고. 이제야 어젯밤 당신이 꾼 꿈의 의미를 알겠어."

남편은 이렇게 말한 후, 부인을 보고 히죽거리며 기분 나쁜 웃음을 짓더니 갑자기 꿩의 목을 비틀었다. 잔인한 남편의 행동에 부인은 비명을 지르며 소리쳤다.

"당신은 정말 잔인한 사람이군요. 이런 악마! 악마가 아니라면 이런 짓을 할 수 없죠…… 당신 같은 사람과 살 바에는 차라리 죽는 게 나아요."

부인은 그렇게 소리치고 신발도 신지 않은 채 밖으로 뛰쳐나갔다. 남편은 뒤따라 가서 소매를 붙잡

앉지만, 부인은 남편의 손을 뿌리치고 무작정 내달렸다. 달리면서 펑펑 울었다. 그렇게 맨발로 한없이 달려간 곳은 영주의 저택이었다. 부인은 눈물을 뚝뚝 흘리며, 영주에게 자초지종을 털어놓았다. 사냥 전날 꾸었던 꿈 이야기부터 꿩을 도와 숨겨준 일, 그런데 남편이 자신을 비웃으면서 그 꿩을 죽여 버린 일까지 자세히 이야기했다.

영주는 부인에게 자상하게 말을 건넨 뒤, 사람들에게 이 여인을 잘 보살피라고 지시했다. 그리고 하인을 시켜 여자의 남편을 잡아오도록 명령했다.

다음날 남편은 심문을 받았다. 꿩을 죽인 이유를 낱낱이 자백하게 한 후에 영주는 판결을 내렸다.

"너와 같은 행동을 한 자는 극악무도한 대죄인이다. 도리에 어긋난 사람이 우리 지역에 살고 있다는 것은 지역의 명예가 걸린 문제다. 이곳에 사는 사람들은 모두 평소에 효의 마음가짐을 중시하고 있다.

그러니 너 같은 자를 살려두는 것은 옳지 않다."

그리하여 젊은 농부는 마을에서 쫓겨났다. 영주는 농부에게 다시 마을로 돌아온다면, 그때는 사형에 처하겠다고 했다. 한편, 부인에게는 작은 땅을 내어주고, 얼마 후 좋은 남편을 맺어주었다.

LAFCADIO HEARN

라프카디오 헌

슈테판 츠바이크(Stefan Zweig, 1881 ~ 1942)

오스트리아 빈의 유복한 가정에서 태어나 베를린 대학에서 철학박사 학위를 받았다. 릴케, 호프만스탈 시대의 윈 문단에서 시인·희극작가로 일찍이 인정 받았고, 람보, 베르하란 등을 독일어로 소개했다. 제1차 세계대전 당시 스위스에서 로맹 롤랑과 교유하였고, 전후에는 범휴머니즘 사상을 키웠다. 롤랑은 "츠바이크는 괴테적 정신의 후계자다"라고 말하기도 했다. 저서로는 도스토예프스키, 스탕달, 니체, 프로이트 등에 관한 평론과 소설 『뒤얽힌 감정』 『아모크』 『영원한 형제의 눈』 등이 있으며, 그 밖에 장편 역사소설을 많이 썼다. 전후 프랑스의 쥘 로맹은 『우리 역사의 성자들』에서 괴테, 발자크 계열에 츠바이크를 포함시켰다. 이 '헌 론'은 독일어 헌 명작집 DA JAPANBUCH(Rutten u.Loening, Rrankfurt a.M. 1911)의 서문이다.

(평론)
라프카디오 헌

일본을 직접 체험할 운명을 갖지 못한 채 일본을 향한 무언(無言)의 동경과 호기심을 마음에 품고 일본의 판서를 보거나, 일본 예술의 귀하고 아름다운 작품들을 보고 마음을 빼앗기면서, 소수의 재료들을 통해 마음속 아득히 먼 나라의 다채로운 꿈 조각을 맞추려고 하는 모든 이들에게 라프카디아 헌은 더 없는 조력자이자 벗과 같은 존재다.

그가 일본에 대해서 우리들에게 들려주는 것들은, 아마도 많은 사실들을 통계적으로 면밀하고 연쇄적인 형태로 이해하는 실질적인 것이 아니라, 그 사실들 위에 떠있는 광채이고 아름다움이다. 그 아름다움은 일상적인 개개의 사실들 위에 무형의 진동으로 떠 있으며, 그것은 마치 꽃향기가 꽃과 연결되어 무한한 대기 안으로 녹아드는 것과 닮아 있다.

만일 헌이 없었다면, 우리들은 일본이라는 나라에 대해 상세히 파악하기 어려운 여러 전통을 이해할 수 없었으며, 말로 표현할 수 없을 정도로 소중하고 무한한 풍요로움을 결코 알 수 없었을 것이다. 만일 그것들을 헌이 애정을 갖고 남기지 않았더라면, 그리고 여러 빛을 발하는 결정체 속에서 구해내지 않았더라면, 물처럼 신시대의 손가락 틈 사이로 빠져나가 모두 잃어버렸을 것이다.

동시에 그는 우리들(유럽인)을 위해서, 그리고 사

람들을 불안하게 할 정도로 빠르게 변화하고 있는 오늘날의 일본을 위해서, 오래된 일본의 환상적인 모습을 보여준 최초이자 최후의 사람이었다. 후세 사람들은 우리 독일인이 타키투스의 〈게르마니아〉를 사랑하는 것처럼 그를 사랑할 것이다.

사람들이 '더 이상 신의 미소를 이해할 수 없는' 멀지 않은 미래에도 이 아름다움은 여전히 살아 있을 것이며, 후세 사람들은 너무 빠르게 사라져버린 아름답고 소소한 행복의 천진함을 애석한 마음으로 그리워할 것이다. 종교와 전설, 시와 자연이 마치 현실 속에서 미묘하게 얽히며, 이야기가 작가의 철학적 견해와 직결되는 듯하다가 그 철학적 견해가 다시 담담한 풍물 묘사로 옮겨 가는 풍요로운 책을 우리들은 읽는다.

그런 다음 우리의 시선을 풍요로운 이야기에서 라프카디오 헌의 생애로 옮겨보면, 우리는 과연 이 사람이기 때문에 이 같은 작업을 성취할 수 있는 현묘한 사명을 지녔다는 것을 자연스럽게 믿고 싶어진다. 그가 운명의 선택을 받아 사명을 다하고, 일본의 아름다움이 사라질 위기에 처하기 직전에 그 아름다움을 확실히 붙잡아 생명을 불어넣었다는 사실이 마치 자연의 계획적인 의지였던 것처럼, 헌의 기구한 일생은 시작부터 완성이라는 정상에 이르기까지 한 계단 한 계단 그 목적에 상응하듯 쌓여 왔다.

이때 하나의 특별한 매체가 필요했다. 즉, 동양인과 서양인, 기독교와 불교를 매개하는 완전히 비범한 하나의 매체. 어떤 면에서는 일본의 아름다움, 즉 유럽과는 다른 이질적인 것을 경탄과 존경의 시선으로 외부에서 바라볼 수 있는 능력이 요구되었다. 다른 한편으로는 그 아름다움을 일찍이 체험을 통해 자신과 동화하면서 완전히 자명한 것으로 표현할 수 있으며, 나아가 우리들(유럽인)을 이해시킬 수 있는 능력이 필요했다. 자연은 그 목적을 위해서 완전히 이례적인 한 인물을(순도 높은 술을 빚는 것처럼) 엄선해야 했다.

일본을 잠시 여행을 하는 유럽인이라면 일본과 일본인들이 마음을 닫고 있다고 느끼는 것이 일반적이다. 반면, 한 사람의 일본인이 잠시 유럽을 여행한다면, 우리 유럽인들이 자신을 이해하지 못한다고 느끼는 것이 일반적일 것이다. 왜냐하면, 극동인과 유럽인의 정신세계는 전혀 다른 영역 속에서 각자의 진동 방식에 따라 스쳐 지나갈 뿐 서로 만나지 않기 때문이다. 따라서, 서로의 멘탈리티의 진동을 느끼고 이해하며, 서로의 영묘한 의미를 포함한 채 번역할 수 있는 매우 정확한 악기와 같은 완전히 비범한 존재가 나타나야 했다.

그리고 점점 사라지고 있는 일본의 아름다움에 관한 책을 쓰기 위해서 일본 문화가 그 인물에 적응

할 수 있는 성숙한 상태에 있어야 하며, 또한 그 인물이 일본에 적응해 그 작업을 완수할 수 있어야 했다. 그런 적절한 인물이 이르지도 늦지도 않은 순간에 나타나야만 했다.

* * *

하나의 고상한 목적을 위해 자연이 의도한 것만 같은 라프카디오 헌의 생애는 그렇기 때문에 논할 가치가 있다.

쇄국 정책을 펴던 일본에 유럽인들이 처음 입국할 수 있게 된 1850년, 그는 일본과 지구 정반대 지점에 있는 이오니아 제도의 레프카다 섬에서 태어났다. 그가 태어나서 처음으로 본 것은 파란 하늘과 푸른 바다였다. 푸른빛의 반영은 언제까지나 그의 마음속 깊은 곳에서 사라지지 않았다. 그가 몇 년 동안 노동을 하며 맡았던 모든 매연도 그 푸른빛의 반영을 검게 물들일 수는 없었다. 그렇게 일본을 향한 애정은 태어나면서부터 이미 마음속 동경으로 신기한 운명처럼 그의 내면에 뿌리내리고 있었다.

그의 아버지는 아일랜드인으로 영국군의 군의관이었으며, 어머니는 그리스의 귀족 집안 출신이었다. 두 종족, 두 나라, 두 종교가 이 아이에게 녹아들어 일찍이 확고한 세계시민정신의 기초를 갖출 수 있었다. 멀지 않은 미래에 자신이 태어난 고국과는 다른 고국을 스스로 선택하여 본인의 것으로 만들 수 있게 했던 힘은 강한 세계시민정신이었다.

하지만 유럽과 미국은 이 아이에게 무정했다. 부모는 여섯 살*이던 그를 데리고 영국으로 이주했는데, 그곳에서는 불행이 그를 기다리고 있었다. 그 후로 오랫동안 불행은 그를 떠나지 않았다.

그의 어머니는 자신의 밝은 고향을 떠나 춥고 회색빛이 나는 지역으로 이주해 살면서, 심신의 추위

*라프카디오 헌이 당시 영국령이던 더블린으로 이주한 것은 두 살(1852년 8월 1일) 때이다(작가연보 참조).

를 견디지 못하고 남편 곁을 떠났다. 남겨진 작은 라프카디오는 학교 기숙사에 들어가 지냈다. 그곳에서 소년은 두 번째 불행과 마주한다. 친구들과 함께 놀이를 하다가 한 쪽 눈을 실명하게 된 것이다. 심지어 집은 가난해졌고, 아버지는 무자비해졌다. 라프카디오는 졸업을 눈앞에 두고 돈을 벌기 위해 사회로 나가야 했고, 어린 나이에 맛본 고뇌의 양은 극도에 달했다.

제대로 된 학습과 경험도 없었던 열아홉 살의 청년은 허약한 체질에 눈에는 장애를 갖고 있었고, 기댈 수 있는 친척도 친구도 직업도 없었으며, 이렇다 할 재능에 대한 자신도 없이 뉴욕의 차가운 길 위에 홀로 서 있었다. 그의 인생에서 가장 힘들었던 그 몇 년 동안은 아무도 모르는 침묵의 어둠에 에워싸여 있었다.

라프카디오 헌은 뉴욕에서 닥치는 대로 일을 했

다. 일용직, 소매상인, 점원, 하인 그리고 추측건대,
걸인. 그는 밤낮없이 미국의 길 위로 나가 우연한 기
회에 기대어 그날 그날의 품삯을 닥치는 대로 버는
최하층 사람들 속에서 허우적거리며 살았다. 의심
할 여지도 없이 엄청난 수난의 삶이었으리라. 왜냐
하면 교토(도쿄의 오타로 추측*)의 대나무 집에서 지내
던 행복한 시절에도 극도로 고생했던 당시의 생활
에 대해 그는 결코 입 밖에 꺼내지 않았다. 다만, 그
는 무언의 암흑 속에서 눈부신 빛을 발하는 추억담
을 오직 한 가지 이야기한 적이 있다.

　라프카디오 헌이 어느 이주민들 사이에서 지낼
때의 일이었다. 그는 사흘 동안 아무것도 먹지 못해
힘이 빠지고 눈앞이 흐릿한 상태에서 심하게 흔들
리는 마차 안에 앉아 있었다. 그가 부탁하지도 않았
는데 앞에 앉아 있던 노르웨이인 시골 여성이 빵 한

*원역자 주.

조각을 건넸다. 그는 허겁지겁 빵을 먹었다. 그 일이 있은 후 30년이 지난 어느 날 그가 떠올린 기억은 그때 숨을 제대로 쉴 수 없을 정도로 너무 배가 고파서 부인에게 감사 인사를 하는 것조차 깜빡했다는 것이다.

한순간에 나타난 섬광이었다. 그 후에는 어디에서 어떻게 지냈는지 몇 년 간은 침묵의 어둠 속에 가려져 있다.

우리들 앞에 다시 모습을 드러낸 그는 신시내티에 있는 어느 신문사의 한쪽 눈밖에 보이지 않는 교정원이었다. 드디어 그의 운명이 자유를 되찾을 때가 온 것이었다. 그는 통신원으로 채용되어 이 일에서 뛰어난 실력을 발휘했다. 그리고 마침내 문필가로서의 재능이 새 삶의 가능성을 열어 주었다. 세상에 알려지지 않은 시간 동안에 고된 노동을 하면서도 끈기 있게 부단히 자기 교양을 쌓으며 내면적 경로를 형성했음에 틀림없다. 이는 그가 쓴 동양 여러 나라의 언어 지식과 동양 철학 사상에 관한 섬세한 이해를 보이는 몇 편의 글을 보면 알 수 있다.

차분하고 유연한 그가 '공세적인 아욕'의 나라에서 어떤 고뇌를 맛봐야 했는지 글로 모두 표현하기는 어렵다. 하지만 그 커다란 고뇌는 그의 작업에 중요한 의미를 갖는다. 그 고뇌가 그의 운명 속에 필연적으로 자리 잡고 있는 것은 푸르고 흐릿한 섬(일본)을 향한 신비로운 동경이 그러한 것과 같다. 그는 새로운 다른 문화(일본 문화)를 이해하기에 앞서 자신이 속한 전통문화를 의심하는 법을 배웠고, 그 문화에 절망해야만 했다. 유럽적 문화 국가 안에서 인내했던 경험이 훗날의 커다란 애정을 위한 토양이 되어주었다.

하지만 당시의 그는 이를 자각하지 못했다. 그는 그저 열기로 들뜬 이 나라(미국)에서는 자신의 삶이 아무런 도움도 되지 않으며, 기쁨도 의미도 없다고 느꼈다. 그는 이 종족의 리듬에 자신은 맞지 않다는 것을 끊임없이 느끼고 있었다.

"나는 고트인, 게르만인은 절대 될 수 없었다."

그는 이렇게 비명을 지르며 열대권 프랑스령인 서인도 제도로 도망쳤다. 그곳에서 그는 한 층 차분한 생활 방식에서 행복을 느낄 수 있었다. 운명의 선택을 받은 자가 드디어 사명과 만났다고 믿으며, 그의 삶이 그곳에 닻을 내리려는 것만 같았다.

그러나 그의 운명의 장면에는 더욱 커다란 사건이 기록되어 있었다. 1890년 봄, 한 출판사가 그에게 화가와 함께 일본을 여행하고, 일본 서민들의 생활을 스케치한 글을 잡지에 써 달라고 요청했다. 먼 나라가 라프카디오 헌의 마음을 사로잡았고, 그는 요청을 받아들였다. 그리고 그의 불행한 삶은 영원히 끝났다.

기댈 곳 없는 몸으로 20여 년 동안 세계 끝에서 끝을 헤매다가 일본 땅을 처음 밟은 마흔의 그는 가난하고 지쳐 있었으며, 외눈에 처자식도 명성도 없는 고독한 남자였다. 그리고 오디세우스가 동경했던 섬에 표류했던 밤처럼 헌은 자신이 이제는 영혼의 고국에 있다는 것을 예상하지 못했고, 그런 희망을 마음속에 품을 용기도 전혀 없었다. 운명의 망치가 더 이상 타격을 멈추고, 그의 삶이 1890년 5월 성취의 입구에 서 있다는 것을 그는 알지 못했다.

그는 언어의 가장 깊은 의미를 지닌 해 뜨는 나라를 발견했다. 결실 없이 바람 속을 여기저기 날아다니던 낟알은 드디어 비옥한 토양을 찾아내 그곳에서 무사히 자라고 성장할 수 있었다.

"견딜 수 없는 기압 속에서 밝고 조용한 공기 속

으로 걸어 들어온 것만 같은 기분이다."

그가 느낀 일본의 첫인상이었다. 삶이 그를 전 중량으로 압도하지 않는다는 것, 시간이 미국에서처럼 광기어린 자동차 바퀴처럼 그의 이마 주위를 붕붕 돌면서 지나가지 않는다는 것을 그는 처음 느꼈다. 그는 순수하고 차분하게 기쁨을 느끼는 사람들, 동물을 사랑하는 사람들을 보았다. 아이들과 꽃을 보았다. 그들의 삶에 대한 겸허함과 품위 있는 강한 인내를 보았다. 그리고 그는 다시 삶에 대한 신뢰를 갖기 시작했다.

처음에는 한두 달 정도만 일본에 머무를 생각이었지만, 그는 그 후 전 생애를 일본에서 보내게 되었다. 그는 처음으로 안정을 찾았다. 처음으로 자신이 행복하다는 것을 실감하기 전부터 이미 행복이 보인다고 믿었다. 그리고 무엇보다도 그는 자신의 눈으로 세상을 볼 수 있었다. 태어나서 처음으로 그는 바라볼 수 있었고, 조용히 생각을 할 수 있었다. 애정을 갖고 사색하는 시선을 통해 많은 것을 마음으로 느낄 수 있었다. 이러한 것들은 먼 미국에서 통신원으로 현상을 끊임없이 바쁘게 쫓으면서 지나쳐가는 것과는 전혀 다른 것이었다.

라프카디오 헌이 일본에 대해 쓴 최초의 언어는 '경탄'이었다. 이는 대도시에서 자란 한 명의 아이가 야생 꽃이 핀 고원의 영묘함을 보면서도 자신의 눈을 믿을 수 없을 때와 같은 경탄이며, 최대의 행복함을 동반한 하나의 온화한 경탄이었다. 처음 그 경탄의 바닥에는 희미하고 고요한 불안의 배음이 있었다. 불안은 이 모든 것을 받아들이고, 절대로 이해할 수 없을 것이라는 마음으로부터 일어나는 것이었다.

하지만 훗날에 그의 작품을 비교할 수 없이 귀중하게 만든 특징은 그것이 단지 유럽인 한 사람의 작품이 아니라는 점에 있다. 또한 진짜 일본인의 작품도 아니다. 만일 그러했다면 우리 유럽인들은 이해할 수 없었을 것이며, 이 책에서 우리와 깊은 인연을 느끼지 못했을 것이다. 그의 책들은 매우 독특한 성질의 예술 세계를 갖고 있으며, 이는 이식과 인공적인 접목이 만들어 낸 기적이다. 즉, 한 사람의 서구인의 작품임과 동시에 한 사람의 극동적 인간에 의해 쓰여진 것이다. 다른 종류의 민족적 심리가 실현한 결합과 동화의 비할 데 없는 실제 사례이며, 유일한 작업이라는 의미에서 라프카디오 헌이라는 인물 그 자체의 구현이다.

헌의 저서를 읽으면, 우리는 그가 펜으로 글을 썼다기 보다 대상에 애정을 갖고 가까이에서 바라보며 일본인의 가는 붓으로 그렸을 것이라고 느끼게 한다. 이는 예술가가 대상에 대해 행하는 신비로 가득 찬 의태에서 오는 효과이다. 또한 헌 자신이 깊은 애착을 갖고 서술한 적이 있는 일본의 오래된 물품들, 매우 세련된 소형의 예술품, 멋진 작은 함의 표면이 옻칠과 같은 색으로 그려졌다고 우리가 느낄 수 있게 한다.

채색목판화로 만든 헌의 단편 작품은 일본 예술에서 가장 중요하다고 할 수 있다. 논문 사이에서 몸을 가린 단편 이야기 혹은 길가에서 우연한 계기로 시작되어 이윽고 평온하게, 매우 의미 깊은 세계관적 고찰과 죽음이 인간에게 부여하는 위안과 윤회의 신비로움으로 화제가 이어지는 대화를 읽었을 때, 우리들은 항상 더없이 미묘하고 구체로 가득 찬 풍경을 연상하지 않을 수 없다. 그의 작품을 통해 우리는 일본 예술의 본질을 매우 분명히 이해할 수 있다. 이는 그의 책이 우리들에게 알려주는 여러 사실보다 독자적인 표현 방식 그 자체로 인한 것이다.

운명은 유현한 목적으로 라프카디오 헌을 이끌었고, 그가 목적을 달성할 수 있도록 만들었다. 그는 미지의 일본에 관하여 이야기했고, 그때까지 세상에 알려지지 않은 많은 것들과, 그가 적절한 시기에 그곳에 가지 않았다면 다른 사람들의 손가락 사이에 살짝 들린 채 알려지지 않았을 부서지기 쉬운 것들, 그리고 시대의 풍랑에 휘날리며 사라져버렸을 소멸하기 쉬운 것들을 이야기했다. 또한 일본 국민에게 의미 있는 구비 전설, 듣는 사람들의 마음을 깊이 감동시키는 많은 미신, 순수하게 가부장주의적인 풍습 전부를 이야기했다. 일찍이 시들어 가는 꽃의 향기를 포착하고 그 빛을 그려내는 사명을 성취하기 위해 운명은 그를 택했다.

당시, 헌이 그린 일본과 함께 또 다른 일본이 성

장하고 있었다. 전쟁을 준비하고, 다이너마이트를 제조하고, 기뢰를 만들면서 너무나도 급격하게 서구화를 향한 탐욕적인 일본이 성장하고 있었다. 하지만 이런 일본에 대해 헌이 이야기할 필요는 없었다. 일본은 일찍이 포성을 이용해 스스로의 존재를 알리는 방법을 터득했다. 헌의 작업은 그윽하고 향기롭고 정묘한 숨결 같은 이야기들을 우리에게 전하는 것이었다. 그리고 그것들은 세계사에서 필시 봉천보다도 여순보다도 중요한 의미를 갖는 것이었다.

십여 년 동안 그는 교토(도쿄의 오타로 추측*)에서 안정적인 생활을 하면서 여러 학교와 대학에서 영어를 가르쳤다. 하지만 그 자신은 여전히 이 신세계를 이방인의 눈으로 바라보고 있다고 생각했다. 여전히 자신은 라프카디오 헌이었다. 그는 자신이 점차 일본의 외부에서 내부로 진입하고 있음을 인식하지

*원역자 주.

못했으며, 그의 마음속에서 유럽적인 것이 해체되고 새로운 고국, 즉 유럽의 이방(異邦)인 일본으로 녹아들어 가고 있다는 사실을 아직 깨닫지 못했다.

일본인들이 살아있는 조개 속에 작은 이물질을 삽입해 인공진주를 양식하는 것과 비슷한 변화가 라프카디오 헌에게도 나타났다. 조개는 외부에서 들어온 이물질을 반짝이는 점액으로 감싸고, 결국에는 그 이물질이 새롭게 만들어진 진주 안으로 숨어들어가 더 이상 보이지 않게 된다. 이렇게 라프카디오 헌이라는 타인은 그의 새로운 고국 안으로 깊이 들어가 일본 문화에 감싸이게 되었고, 결국 그는 이름도 바꾸었다.

헌이 높은 무사 집안의 딸과 결혼할 때, 결혼을 법률상 정당한 것으로 하기 위해서 부인 집안의 양자로 들어갔고, 그때부터 고이즈미 야쿠모라는 이름을 사용하기 시작했다. 지금 그 이름은 그의 묘비에 새겨져 있다. 그는 자신의 본래 이름을 버림과 동시에 이전에 맛보았던 삶의 쓴맛을 모조리 내던지려는 듯했다.

지금은 미국에서 그에 대한 경의를 나타내기 시작했다. 하지만 명성은 더 이상 그를 이전으로 되돌리지 못했다. 그에게 명성이란 번거롭기만 했다. 라프카디오 헌은 고요한 마음으로 온화하고 차분한 일본에서의 삶을 더욱 사랑했다. 이러한 삶은 우아한 부인과 나비 같은 두 아이들의 존재가 함께 한이래 그 소중함은 배가 되었다. 그는 점점 더 일본의 풍습을 몸에 익혔다. 젓가락을 사용해 쌀밥을 먹고, 일본의 기모노를 입고 있을 때가 더 많아졌다.

그의 고국 그리스에서 마음 깊이 전수받고, 외면적인 기독교의 저변에 잠들어 있는 기독교 이전의 이교도 정신이 일본의 삶 속에서 변화하여 일종의 독특한 불교 정신이 형성되었다. 그가 일본에 온 것은 다른 서구인들처럼 상업주의적인 약탈자로서가 아니었으며, 백인종의 자부심으로 '일본놈들'을 얕보며 돈을 벌어가고, 그냥 가져가고, 빼앗기를 원하는 사람들 중 한 명이 아니었다. 그는 주기를 원했고, 겸손하게 자신을 바치기를 원했다. 그러했기에 일본과 일본인들은 그와 벗이 되었다. 그는 일본인들이 자신들과 완전히 같은 인종으로 여기며 신뢰하고 속마음까지 모두 내보여준 최초의 유럽인이었다. 일본인들은 "그는 우리들 이상으로 일본적이다"라고 그에 대해 말했다. 또한 실제로 그처럼 일본이 유럽의 나쁜 영향을 무비판적으로 받아들이지 않도록 철저히 경고한 사람은 없었다. 그는 일본인들이 점점 그 길을 향해 걸어가는 운명을, 이미 몸소 체험해 알고 있었다.

인생은 헌의 사명 수행에 호의적이었다. 인생은

라프카디오 헌에게 만족했고, 그리고 그에게 마지막으로 최고의 선물을 했다. 가장 적절한 시기에 그에게 사명을 수행하도록 지시한 그의 인생은 이번에는 가장 적절한 시기에 그에게 죽음을 보냈다. 옛 일본의 의미를 세계에 전하는 것을 사명으로 했던 그가 죽음을 맞이한 것은 일본인들이 러시아와의 전쟁에서 승리했을 때였다. 일본인들이 자신들을 위해 세계 역사의 문을 폭파로 열어젖히는 행동을 완수한 바로 그때였다. 신비 속에 갇혀 있던 나라는 이제는 세계적인 관심의 조명을 받으며 서 있었다.

바야흐로 운명은 더 이상 헌이라는 사람을 필요로 하지 않았다. 러시아에 대한 일본의 승리를, 승리를 거둠으로써 오히려 오랜 전통이 자살을 완수한, 승리 아닌 승리를 헌이 모른 채 세상을 떠날 수 있었던 데에는 운명의 현명한 배려가 있었던 것이다. 라프카디오 헌은 오래된 일본 그리고 일본 문화와 함께 이 세상을 떠났다.

하지만 그를 많이 사랑한 일본인들은 자신의 국민들이 전쟁에서 매일 무수히 목숨을 잃어가던 중에도 헌의 죽음에 놀라며 깊이 애도했다. 헌의 죽음과 함께 정신적으로 중요한 어떤 것이 사라져 가는 것을 그들은 느꼈다. 수많은 사람들이 그를 묘지로 떠나보냈다. 그는 불교 양식으로 땅속에 묻혔는데, 누군가 그 묘지에 다음과 같은 잊을 수 없는 말을 남겼다.

"이 사람을 잃은 것은 우리들이 여순항 앞에서 두세 척의 군함을 잃은 것에 조금도 뒤지지 않을 만큼 안타깝습니다."

그의 친지들과 제자들은 집의 불단에 지금도 그의 초상을 모시고 있다. 짙은 눈썹 밑에서 빛나고 있는 시선과 결연한 표정의 옆모습. 일본에서는 사람들이 죽은 이의 초상 앞에서 외우는 조용한 주문의 힘으로 헤매는 영혼을 불러들인다고 헌은 이야기했다. 영혼은 모든 것이며 무(無)인 저승을 떠돌면서도 항상 신앙으로 연결된 사람들의 목소리가 닿는 곳에 존재하며 그들의 친근한 말을 듣는다. 우리의 신앙은 이와 다르다. 우리들은 헌의 밝은 영혼은 사라졌다고 여기며, 오직 그가 남겨준 몇 권의 책을 통해 우리들은 그와 재회할 수 있다.

많은 작품 속에서 가장 가치 있는 것을 모아 놓은 이 선집은 이방인의 첫인상으로 시작해, 점차 일본에 대한 신뢰를 쌓아 가면서 마지막에는 일본인들의 삶 가장 깊은 곳까지 도달해 있다. 아름다운 빛깔의 부드러운 꽃잎 여러 장이 꽃술을 감싸고 있듯이 이 글들은 가장 깊은 한 가운데에 어떤 무형의 것, 어떤 궁극의 아련한 향기를 감싸고 있다. 이 향기야

말로 우리들에게는 새로운 것이며, 지금까지 몰랐던 매력이다. 우리들은 라프카디오 헌 덕분에 세계혼(보편정신) 중에서 결코 잃어서는 안되는 귀중한 것들을 처음으로 인식할 수 있었다. 그것은 바로 일본 정신이다.

옮긴이의 말

2014년, 새 일을 시작하고 나에게 처음으로 주어
진 임무는 시마네현 출장이었다. 그곳에서 우연히
고이즈미 야쿠모를 알게 되었다. 빠듯한 일정 속에
서 잠깐의 휴식을 얻었던 우리 일행의 눈에 들어온
곳은 바로 '고이즈미 야쿠모 기념관'이었다. 기념관
은 마츠에 성을 둘러싼 해자 한편에 고즈넉하게 보
존되어 있는 일본의 옛 부게야시키(武家屋敷, 무가의 저
택)였다. 기념관 이름, 건물, 주변 환경, 어느 것 하나

일본적이지 않는 것이 없었다. 하지만 그곳의 주인은 서양과 일본의 경계, 그 어느 곳에서 살았던 사람이었다. 매우 일본적인 그의 작품은 긴 시간 일본에 대해 공부해 온 필자에게도 낯설지 않았다. 오히려 '푸른 눈의 일본인'인 고이즈미 야쿠모라는 작가는 낯설었다. 그래서 그에 대해 더 궁금했다.

그는 일본에서는 남녀노소 누구나 알고 있는 '옛날이야기'의 작가다. 특히, 그의 작품 중 〈설녀〉와 〈귀 없는 호이치〉, 〈너구리〉 등은 작가 이상으로 일본에서의 지명도가 높다. 이 작품들은 지금도 다양한 버전으로 출판되고 있고, 전국 곳곳에서 낭독회가 열리고 있으며, 애니메이션의 소재가 되고 있다. 그의 작품에 가장 큰 영향을 미친 사람은 부인인 고이즈미 세츠다. 야쿠모는 세츠의 민담을 듣기를 좋아했고, 그 이야기들을 자신의 이야기로 다시 기록해 문학 작품으로 승화시켰다. 이러한 그의 작품은 일본 문학계에서도 큰 호평을 받는다. 야쿠모에게

'메이지 시대, 일본 최고의 유령 이야기 수집가'라는 수식어가 붙는 것이 그것이다. 고이즈미 부부의 이야기는 내년(2025년) 가을에 일본의 공영방송인 엔에이치케이(NHK)의 전통 있는 아침 드라마로 제작·방영될 예정이다. 야쿠모의 작품과 부부의 이야기는 더욱 주목받는 계기가 될 것이다.

야쿠모는 일본에서 살았던 14년 동안 많은 글과 작품 남겼다. 그중에서도 그를 가장 상징하며, 그의 마지막 작품이기도 한 『괴담』은 근대화 되어가는 속에서 잃어가는 일본인의 아름다운 마음을 유령에 의탁해 쓴 작품으로 거기에는 야쿠모가 간직하고 싶은 일본의 아름다운 모습이 담겨 있다는 평가를 받는다. 또한, 민속학자 야나기타 쿠니오는 '고이즈미 씨 이상으로 일본을 이해하는 외국인 관찰자는 없었다'라고 극찬했다고 한다.

하지만 이처럼 일본 문학에서 중요한 위치를 차지하는 작가와 작품을 한국에서는 별로 찾아볼 수 없다. 전혀 없다고는 할 수 없지만, 주목도가 매우 낮다. 그래서 그의 많은 작품 중에서도 우리가 친근하게 다가갈 수 있는 작품을 골라 한 권의 책으로 묶었다. 『괴담(怪談)』(1904)에서 8편, 『골동(骨董)』(1902)에서 5편의 전설 및 유령 이야기를 모았다. 수채화의 담색처럼 잔잔한 백년 전의 '무서운 이야기'가 독자들의 눈을 사로잡고 작가에 대한 호기심을 불러일으킬 수 있기를 바란다.

더불어 고이즈미 야쿠모의 삶과 그의 작품에 대한 전반적인 이해를 돕기 위해, 오래된 평론이지만 슈테판 츠바이크의 글을 함께 싣는다. 우리들에게 아직은 낯선 고이즈미 야쿠모라는 작가를 이해하는 마중물이 되길 희망한다.

마지막으로 이 책이 세상에 나올 수 있도록 함께하고 도움을 주신 모든 분들께 최고의 감사를 보낸다.

2024년 10월
김민화

작가 연보

1850 ― 1852   그리스

1850년 6월 27일
(0세)

그리스 이오니아 제도 래프카다섬에서 아일랜드인으로 영국 육군 군의보인 아버지 찰스 부시 헌과 그리스인으로 기시라섬 출신의 어머니 로자 안토니우 카시마치의 차남으로 태어나다. 이름은 패트리키오스 레프카디오스 (패트릭 라프카디오).

1852 ― 61   아일랜드

1852년 8월 1일
(2세)

어머니와 함께 그리스에서 몰타를 경유해 친가 있는 더블린에 도착. 얼마 후 할머니 엘리자베스의 여동생으로 자산가이며 미망인인 사라 브레넌에게 맡겨지다.

1853년 10월
(3세)

아버지가 부임지 그레나다에서 귀환, 처음으로 아버지와 대면하다.

1854년
(4세)

아버지가 크림전쟁에 종군하기 위해 더블린을 떠나면서 임신 중이던 어머니는 본가가 있는 키시라섬으로 돌아가다. 이모할머니 사라 브레넌 밑에서 생활하며 가끔 워터퍼드주의 트라모어와 메이요주의 콩을 방문하다. 남동생 제임스가 그리스에서 태어나다.

1857년 1월
(7세)

부모님이 이혼하다.

8월

아버지는 재혼 상대인 알리샤 고슬린 크로포드와 그녀의 두 딸과 함께 인도로 부임하다.

1861년 (11세)	프랑스의 교회학교에 입학해 프랑스어를 배우다(프랑스 유학 시기와 장소는 불분명한 부분이 많다).

1863 — 68 영국

1863년 9월 (13세)	영국 더럼시 교외 아셔에 있는 카톨릭계 학교인 세인트 카스바트 칼리지(기숙학교)에 입학하다. 엄격한 종교 교육에 반발심을 느끼다.
1866년 (16세)	학교에서 친구와 놀던 중에 난 사고로 왼쪽 눈을 다쳐 실명하다.
11월 21일	아버지 찰스가 말라리아에 걸려 귀국 도중에 배에서 숨을 거두다(향년 48세).
1867년 (17세)	먼 친척인 헨리 모리느가 투기에 실패해 여기에 투자한 브레넌 부인이 파산. 라프카디오는 다니던 어쇼 칼리지를 중퇴하다.

1869 — 1877 신시내티

1869년 (19세)	런던 혹은 루아블에서 이민선을 타고 미국으로 건너가다. 9월 초 뉴욕에 상륙하여 신시내티에 있는 친척을 찾아가다. 인쇄소를 운영하는 헨리 왓킴을 만나 일을 배우다. 평생 왓킴을 아버지처럼 따르다.
1870년 (20세)	공립 도서관을 자주 다니며 글을 쓰다. 보스턴의 주간지에 투고를 시작하다.
1871년 1월 (21세)	사라 브레넌 사망. 받기로 한 유산 500파운드가 송금되지 않아 아일랜드의 친척들과 인연을 끊다.

1872년 (22세)	출판사에서 일하면서 기고를 이어가다. 11월에는 '신시내티 인콰이어러사' 주필인 존 코카릴에게 문학적 재능을 인정받다.
1874년 (24세)	신시내티 인콰이어러사의 정식 직원이 되다.
6월	삽화 화가인 파니와 함께 주간지 〈예 지그램프즈〉를 창간하다. 피혁 공장에서 발생한 잔인한 살인사건의 르포를 써서 사건기자로 이름을 알리다. 또한 기자 동료인 헨리 클레빌과 친분을 돈독히 하다.
1875년 6월 14일 (25세)	하숙집의 요리사 알리샤 폴리(마티)와 결혼. 당시에는 다른 인종 간 혼인은 불법이었기 때문에 7월 말에 인콰이어러사에서 해고되어 '신시내티 커머셜사'로 직장을 옮기다.

1877 — 87 뉴올리언즈

1877년 (27세)	마티와의 결혼 생활이 파탄나다. 신시내티 커머셜사를 그만두고, 같은 회사의 통신원이 되어 멤피스를 경유해 뉴올리언즈로 건너가다. 그 후 〈데일리 시티 아이템〉지의 준 편집자 직을 얻다.
1878년 (28세)	〈데일리 시티 아이템〉지에서 글 실력을 발휘하다. 3월, 모든 메뉴가 5센트인 작은 식당 '불경기 식당'을 개업했지만, 동업자가 매상을 가지고 달아나 20일 만에 폐업하다.
1880년 (30세)	글이 유명세를 타며, 5월부터 다음 해 12월까지 〈데일리 시티 아이템〉지에 삽화 기사를 써 평가를 받다. 동시에 〈데모크라트〉지에도 글을 기고하다.

1881년 12월 (31년)	〈타임즈—데모크라트〉지의 문예부장으로 초빙되어 편집장 페이지 베이커의 허락 하에 자유로운 주제로 집필에 전념하다.
1882년 4월 (32세)	번역집 〈클레오파트라의 하룻밤과 그 밖의 환상 이야기집〉을 자비 출판하다.
12월 12일	골프섬 병원에서 어머니 로자가 영면하다(향년 58세). 이즈음 엘리자베스 비스랜드가 헌의 기사를 읽고, 타임즈—데모크라트사에 입사하다.
1884년 6월 27일 (34세)	〈이방문학잔엽(異邦文学残葉)〉을 출판하다.
8월 말	한 달 정도 비스랜드와 멕시코만 내에 있는 그랜드 섬에서 체류하다.
12월 16일	'뉴올리언즈 만국산업 면화 백 주년 기념 박람회'가 개막하다.
1885년 1~2월 (35세)	박람회 집필 작업으로 몹시 분주함. 특히 일본관의 전시품에 흥미를 갖고, 일본 정부에서 파견한 핫토리 히토미와 만나다.
4월 초	〈곤보·제브〉, 〈크레올 요리〉, 〈뉴올리언즈 주변의 역사 스케치와 안내〉를 출판하다. 하버드 스펜서의 〈제1원리〉를 읽고 사상적으로 큰 영향을 받다.
1887년 2월 24일 (37세)	〈중국영이담(中國靈異談)〉를 출판하다.

1887 — 90 마르티니크/ 뉴욕

1887년 5월 31일 (37세)	타임즈=데모크라트사를 퇴사하다.

7월	카리브해 마르티니크에서 취재를 위해 두 달 동안 머무르다.
10월 2일	다시 마르티니크에 가서 2년 동안 체류하다.
1889년 9월 27일 (39세)	소설 〈치타〉를 출판하다. 처음으로 남동생 제임스 헌의 편지를 받다.
1890년 3월 11일 (40세)	〈프랑스령 서인도 제도에서 보낸 2년〉을 출판하다.

1890 — 1904 일본

1890년 4월 4일 (40세)	(밴쿠버에서 일본으로 출항) 요코하마항에 도착하다.
5월 12일	〈유마〉를 출판하다.
6월	하퍼사에 불만이 쌓여 절연장을 보내다.
7월 19일	시마네현 심상중학교 · 사법학교의 영어교사로 계약을 체결하다.
8월 말	부임지인 마쓰에로 출발하다.
9월	이즈모다이샤에 참배한 외국인으로는 최초로 건물 안으로 들어가는 승전을 허락받다.
1891년 1월 1일 (41세)	하오리하카마(남자 전통복장) 차림으로 새해 인사를 다니다. 가정부로 고이즈미 세츠를 고용하다.
6월 22일	키타보리쵸의 네기시 저택(현재 고이즈미 야쿠모 옛 저택)으로 세츠와 함께 이사하다.
8월 말	돗토리현으로 여행을 가다. 체임벌린의 소개로 구마모토 제5고등중학교로 전임하기로 결심하고, 11월 세츠와 양부모(장인, 장모)와 함께 마츠에를 떠나다.

1892년 4월 (42세)		세츠와 함께 하카타로 가다.
	7월	간사이, 산인지역, 이키로 긴 여행을 떠나다.
1893년 4월 (43세)		세츠의 임신을 알고 귀화를 생각하기 시작하다.
	11월 17일	장남 카즈오(一雄)가 태어나다.
1894년 1월 (44세)		제5고등중학교에서 '극동의 장래'를 주제로 강연하다.
	9월 29일	일본에 관한 최초의 저서 〈알려지지 않은 일본의 모습〉(상·하 2권)을 출판하다.
	10월 6일	'고베 크로니클사'로 전직하기 위해 구마모토를 떠나 고베로 이사하다.
1895년 1월 30일 (45세)		고베 크로니클사를 퇴사하다.
	3월 9일	〈동쪽 나라에서〉를 출판하다.
	12월	제국대학(현 도쿄대학)의 토야마 마사카즈(外山正一)가 영문학 강사로 초빙할 뜻을 전하다.
1896년 2월 10일 (46세)		귀화 절차가 완료되어 '고이즈미 야쿠모(小泉八雲)'로 개명하다.
	3월 14일	〈마음〉을 출판하다.
	9월 2일	제국대학 영문학과 강사로 발령을 받고 도쿄로 상경하다.
1897년 2월 15일 (47세)		차남 이와오(巖)가 태어나다.
	3월 15일	니시다 센타로 병사하다(향년 35세).

	8월	좋은 해수욕장을 찾아 아이즈(燒津)에 가다. 이후 매해 여름 이곳으로 피서가다.
	9월 25일	〈부처 밭의 이삭〉을 출판하다.
1898년 8월 10일 (48세)		하세가와(長谷川) 서점에서 일본 동화 시리즈 〈고양이를 그린 소년〉을 출판하다.
	11월	가즈오에게 영어교육을 시작하다.
	12월 8일	〈이국정서와 회고〉를 출판하다.
1899년 9월 26일 (49세)		〈영혼의 일본〉을 출판하다.
	12월 20일	3남 기요시(清)가 태어나다. 일본 동화 시리즈 〈유령거미〉를 출판하다.
1900년 1월 3일 (50세)		엘리자베스 비스랜드와 서신 교환을 재개하다.
	3월	도야마 마사카즈의 서거로 대학 안에서 고립되어 가다.
	7월 24일	〈그림자〉를 출판하다.
1901년 9월 24일 (51세)		차남 이와오를 세츠의 양어머니인 이나가키 토미의 양자로 보내고 호적을 옮기다.
	10월 2일	〈일본 잡기〉를 출판하다.
1902년 3월 19일 (52세)		이치가야 토미하사쵸에서 신주쿠 오쿠보의 새집으로 이사하다.
	10월 22일	〈골동〉을 출판하다.
	11월	비스랜드를 통해 미국의 코넬 대학에서 연속 강의를 의뢰받다.
1903년 1월 15일 (53세)		도쿄제국대학 학장 이노우에 테츠지로의 명의로 해고 통지를 받다.

3월 31일	(영문과 학생 몇 명이 야쿠모의 유임을 청원했지만) 도쿄제국대학 강사를 그만두다.
9월 10일	장녀 스즈코(寿々子)가 태어나다. 그러나 건강에 불안을 느끼다. 일본 동화 시리즈 〈경단을 잃어버린 할머니〉를 출판하다.
1904년 2월 (54세)	와세다대학 강사로 초빙을 받다.
3월 9일	와세다대학으로 출근하다.
4월 2일	〈괴담〉을 출판하다.
9월 1일	오후 3시, 심장 발작을 일으키다.
9월 26일	다시 심장 발작이 일어나 오후 8시 넘어 숨을 거두다.
9월 30일	이치가야 토미히사쵸의 엔유지(円融時)에서 장례식을 열고 죠시가야의 묘지에 안장되다. 〈일본 — 하나의 해명〉을 출판하다.

옮긴이 김민화

건국대학교 일본문화·언어학과 대학원을 거쳐, 일본 히토츠바시대학교에서 사회학연구과에서 박사 과정을 밟고 있다. 일본과의 역사 갈등에 관련된 시민단체 활동을 다년간 해오면서, 일본에 대한 연구를 이어가고 있다. 더불어 일본어 통역·번역과 출판 기획을 하고 있다.

고이즈미 야쿠모 작품집 **괴담**

초판 1쇄 발행   2024년 11월 11일

지은이 고이즈미 야쿠모
옮긴이 김민화
펴낸곳 보더북
펴낸이 김민화

출판등록   2023. 12. 4   제 360-2023-000024 호
주소   광주광역시 서구 운천로 100번길 14, 202호
이메일   borderbook@naver.com

ISBN 979-11-989648-1-6